爱着这个不完美的人间

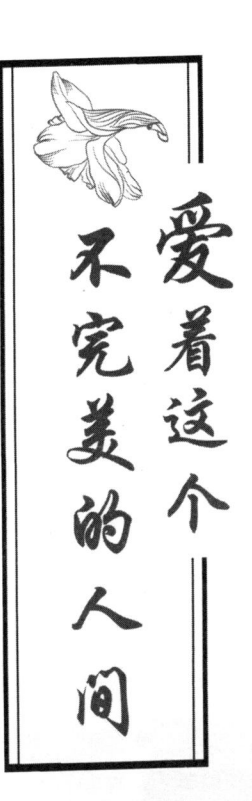

◇ 叶发永 著

海峡出版发行集团 | 海峡文艺出版社

图书在版编目(CIP)数据

爱着这个不完美的人间/叶发永著. —福州:海峡文艺出版社,2022.12
ISBN 978-7-5550-3193-2

Ⅰ.①爱… Ⅱ.①叶… Ⅲ.①诗集－中国 Ⅳ.①I227

中国版本图书馆 CIP 数据核字(2022)第 232173 号

爱着这个不完美的人间

叶发永 著

出 版 人	林　滨
责任编辑	余明建
出版发行	海峡文艺出版社
经　　销	福建新华发行(集团)有限责任公司
社　　址	福州市东水路 76 号 14 层
发 行 部	0591－87536797
印　　刷	福建名彩印刷有限公司
厂　　址	福州市闽侯经济技术开发区一期九号中路 5 号
开　　本	889 毫米×1194 毫米　1/32
字　　数	150 千字
印　　张	8.75
版　　次	2022 年 12 月第 1 版
印　　次	2022 年 12 月第 1 次印刷
书　　号	ISBN 978-7-5550-3193-2
定　　价	58.00 元

如发现印装质量问题,请寄承印厂调换

前言

从静远空灵到壮阔幽深

□余岱宗

《爱着这个不完美的人间》是叶发永的第一本诗集，收录作者从2010年到2022年间的大部分诗歌作品。叶发永诗歌创作是颇有年份，算得上资深诗人，这部诗歌集子的作品，是诗人以文字编织想象之翼，抵达诗歌创作之艺术境界一次跋涉，一次以叶发永独有的诚恳表情发出抒情声音的艺术旅行。

不难发现，这是一次从静远空灵到壮阔幽深的踏歌之行。叶发永的诗歌创作，先是带着浑朴天真的基调，以忧伤的浪漫开始他的诗歌旅行的。转进到诗集的后半部分，则出现了蓬勃生发的宏阔境界。或者说，诗集的前半部分《回乡的雨》《确认自己》尚是私语，低吟浅唱，那么，到了诗集的后半部分，《历史深处》《星光灿烂》《人间有情》则能高声朗诵，或慷慨悲凉，或沉郁顿挫，有洪波涌起之刻对酒当歌的气度。不过，无论是私语还是高声，叶发永的诗歌终究是讲究意境的。叶发永是善于通过意境的构造与变化来营造诗歌结构的诗人，他的抒情全在意境之中，他的意境又全有抒情之脉络。

叶发永的诗歌创作追求独特的艺术意境，这是他的诗歌创作的最具有基础性的"真功夫"。诗歌正是通过一系列的独特奇异的意境去呈现诗人的心灵世界。叶发永的诗歌《长草的老屋》其独特之处就在于诗人"发现"了老屋与草之间意味深长的关系。或者说，叶发永的《长草的老屋》草与老屋这种物象经过诗人目光的凝视，所形成的意境有了超越俗常的理解。那么，在《长草的老屋》中，老屋与草到底发生了什么样的变化呢？在我看来，这首诗歌的独特之处就在于将怅惘温情化。诗歌驱逐荒凉可能带来的颓败的悲观，去接纳茂盛的杂草爬满老屋的所带来的欢喜。

老屋可能承载了诗人关于往日的种种记忆，老屋厅堂的上空可能曾经欢响着幼童稚嫩而快乐的喊叫，老屋的烟囱飘出的袅袅炊烟曾经牵动着离乡的游子，老屋的天井可能至今还记得夏夜纳凉时分那道不尽说不完的乡野传说与故事。然而，诗人叶发永并未将这些通常会附着于老屋的细节与情境纳入诗歌的表达之中。

这首诗歌中的老屋不再是直接表达乡愁的老屋，诗人也不再因为老屋爬满杂草而被某种荒凉感所震动，而是重新理解重新书写老屋为荒草所攀援的情景。诗人将草看作老屋的孩子，草在老屋内的恣意生长不但有了欢腾戏耍的喜悦，甚至与老屋之间的关系也是充满温情的呵护与亲近。老屋如打盹的老者，草如懂事的孩子为其覆盖上遮风挡雨的"草被"。这一切那么自然，那么体贴，又那么默契。

诗人没有为此发出任何感慨，他只是用一种童话般的心境赋予老屋与草的关系以一种别致的比喻。这种艺境的呈现，已经放下了通常的怅惘与得失，已经排解了那积郁于内心的某种愁绪与留恋，只是用一种童心未泯的心态打量着老屋与草之间的关系。或者说，诗人叶发永将人与老屋的关系让位给大自然与老屋的关系。这种价值坐标的转移，才可能发现老屋为杂草所覆盖的另一种美。这首诗歌告诉我们，诗人的心灵不仅仅要承受乡愁的记忆，诗人的心灵还要具有足够的空间去接纳造化对于老屋对个体记忆的重新安排。诗人也将愿意通过这种重新安排让老屋的记忆拥有更喜悦也更丰富的生命面貌。

诗人叶发永的诗歌意象总是让自然造化与其内在心灵之间有一种深度凝合的奇异性。不过，叶发永又不是那种过度追求意象的奇异性的诗人，他的诗的意象往往表现出奇异性的分寸感，奇而不怪，异而有度。

我们还要注意到，叶发永诗歌的意象创造具有很明显的画面感，这种画面感不是简单的情景再现，而是能捕捉住为我们平常会发现但常常忽略掉的某种细节,譬如"雨低着头赶路／雨是这个季节最容易断肠的行人／在回乡的路上／我看见大多数雨只走出一步／第二步还没迈出／就跌倒在地,／满身泥泞",这种画面是独属于叶发永的画面。你要说这其中有哲理吗?似乎有,但也不宜过度解读。这"雨"应该不是瓢泼大雨的"雨",而是淅淅沥沥的"小雨转中雨"的"雨"吧。这是从杜牧的"路上行人欲断魂"化出来的意境,然而,又是对杜牧意境的创造性延伸。这延伸就是让读者能在"欲断魂"的意境中识别出"雨"的悲伤和执拗,"雨"的很快就"跌倒在地""满身泥泞",但"雨"又是如此前赴后继,"雨"在大悲伤之中有着大执拗。"雨"在跌落中,清爽的"雨"要化为"泥泞"的一部分,却没有什么犹豫,没有什么恐惧或怯懦,而是知道自己终究还会汇入江海,终究还会在水汽饱满的云朵中徜徉于高空,俯瞰着大地。从这个意义上,叶发永从古代意境中跳脱出来,抓住"雨"这个细节做文章,他的诗歌意象是在中华诗歌传统的基础上进一步诉说诗人的忧伤和解脱。

  如果说"雨"的意象以其柔软性、模糊性、多义性蕴藏着说不清道不白的忧伤与解脱,那么,叶发永的另一些诗句则带有"金句"的力度,是物与心完美结合后的诗句淬炼:"不习惯用钥匙开老家的门／一开,就碰到伤口／泪如雨下"。这里,钥匙孔成了伤口,推门而进的瞬间,满满的都是回忆，又满满的都是时光淘洗后的境地。这是又想面对又担心面对终于还是要去面对的"老家"之念。当"老家"成为乡愁之时，这其中的"愁"已经萦绕着既往、当下与未来的多少重的情感纠缠？这钥匙孔打开的又岂是一扇门，又岂是几句感慨能放下呢？再如，"往事破墙而入／不断把我打翻在地"，这样的诗句同样是诗人在面对某种人生难局之时从内心深处"跳将"出来的句子。这样的诗句不是"推敲"所能言说的表达，而是内心里层层叠叠了多少重的哀愁，有了多少回合的自我与自我对话，回想了多少次往事的细节之后才可能让如此诗句"破门而入"。

这部诗歌集子的前半部分作品多是哀愁的诗歌，所幸哀愁没有将诗人的心力掏空，哀愁反而唤来了青春诗兴和盛大意象。诸如"也想养一只龙陪伴左右／心情好时，行云布雨，飞龙在天／心情不好，潜龙在渊，神龙见首不见尾"，这是何等的气魄，何等的自信。也许，当诗人走入历史，进入宏大叙事的表达框架之后，他的活跃的诗情便变得阔达，甚至变得激昂了。再如《白马春潮》中"请你们让开／让出一条大道／我要横刀跃马，驰骋江山／给人间披上锦绣"，这样的想象力，是让自我与历史传说，与英雄人物，与传奇故事，融为一种奔腾的诗之元气，在历史的传奇情境中让想象疆域获得极为开阔的拓展。

读叶发永以历史感怀为题材的诗歌，依然能感受到他的诗歌表述的独特意象所形成的语言质地:"睡了百年／青年会又醒了／它从历史的影子里站了起来,青春四溢／百年之后／青年会,还是青年!"这里,"睡""醒""站了起来"所形成的系列化行动让整首诗歌宛如刻绘群雕般地变异出青年会在其历史进程的每一种时代特征。更有历史感怀的"金句"——"但刀再快也快不过一粒子弹／武状元的身手再好也拦不住一个时代",这掷地有声的诗句已经超越了诗歌的表达范畴,而是以某种历史宏阔的视界,以轻巧诙谐的口吻,将时代浪潮与某位名人的关系表达得淋漓尽致却又不失诗歌的风度。

  如此,叶发永的诗歌,终于在追求更高境界的诗歌旅程中,又往前迈出了一大步。

(余岱宗,文学博士,福建师大文学院教授,博士生导师,福建省作协副主席,福州市作协主席,中国作家协会会员。)

目录 CONTENTS

第一辑 回乡的雨

长草的老屋·················2

老屋与母亲·················3

奔跑···················5

井水···················6

一把伞

　　——致老家朴树林·············8

回乡的雨··················10

坟前草···················12

上山下山··················14

住在山上的亲人···············16

难得····················18

清明,像一个回家的日子············20

英雄爷爷··················22

爱酒的父亲·················24

父亲的鞋··················26

不小心的父亲················28

书生父亲 …………………………………… 30

在田里犁地的父亲 …………………………… 32

父亲与山 …………………………………… 34

给父亲搬个新居 ……………………………… 36

黑夜接管了父亲的晚年 ……………………… 38

这一夜，我成了一个孤儿 …………………… 40

让母亲坐在我的文字里 ……………………… 42

母亲不在了 …………………………………… 44

有多少苦痛母亲没有咳出 …………………… 46

一口气的重量 ………………………………… 47

穿针的母亲 …………………………………… 49

跪送母亲 ……………………………………… 51

守灵 …………………………………………… 53

诵经声声 ……………………………………… 54

中秋月 ………………………………………… 56

习惯 …………………………………………… 57

春天里的落叶 ………………………………… 59

伤心过头 ……………………………………… 61

织渔网的女人 ………………………………… 63

提篮子的姑娘 ………………………………… 65

搬凳子的兄弟 ………………………………… 67

不要叫我水鸭 ………………………………… 69

放鸭人 ………………………………………… 70

一只水鸭喊出了我的乳名……………………………71

长在路边的芒果………………………………………72

村庄里的麻雀…………………………………………74

第二辑 确认自己

爱上缓慢的流逝………………………………………78

补胎者说………………………………………………79

经常想起一只山羊……………………………………80

异乡人…………………………………………………81

用疼痛唤醒自己………………………………………82

担心……………………………………………………83

一岁的脚………………………………………………84

清晨鸟鸣………………………………………………86

耳鸣……………………………………………………87

裂缝……………………………………………………89

放下……………………………………………………91

生病……………………………………………………93

台风过境………………………………………………94

打坐的树………………………………………………95

一棵树能走多远………………………………………97

从握手到松手…………………………………………98

站在一棵树面前………………………………………100

三沙留云洞……………………………………………102
在崳山岛与一只老山羊相遇……………………………104
我曾经与一只蚯蚓对峙…………………………………105
落后的秧苗………………………………………………106
那时，老鹰就在头顶上飞………………………………107
被怀疑的人间……………………………………………109
相依为命…………………………………………………111
期盼一声蛙鸣……………………………………………112
秋天的脸…………………………………………………114
确认自己…………………………………………………115

第三辑 历史深处

寻古大庙山………………………………………………118
水声灯影里的上下杭……………………………………123
南台十景（选八）之一：钓台夜月……………………127
南台十景（选八）之二：三桥渔火……………………129
南台十景（选八）之三：越岭樵歌……………………131
南台十景（选八）之四：苍霞夕照……………………133
南台十景（选八）之五：太平松籁……………………135
南台十景（选八）之六：银浦荷香……………………136
南台十景（选八）之七：白马春潮……………………138
南台十景（选八）之八：天宁晓钟……………………139

青年会，永远的青年………………………………141
历史的脚印
　　——俯瞰上下杭古宅……………………………143
榕城古街：古色古香的约会………………………144
茶亭街：指尖上的村落……………………………146
高氏文昌阁：风骨…………………………………148
白马桥：木头家园…………………………………149
武状元与他的刀……………………………………151
流进历史的安泰河…………………………………152

第四辑　星汉灿烂

无诸：开闽第一人…………………………………156
董奉：杏林春暖……………………………………158
妈祖：问人间安好…………………………………160
张伯玉：领着榕树进城……………………………162
陈文龙：看住大海的波浪…………………………165
林则徐：与火同行…………………………………167
沈葆桢：让中国出海………………………………169
林觉民：与妻书……………………………………171
严复：笔醒山河……………………………………173
林纾：仗剑人间一狂生……………………………175
冰心：用一颗童心照明……………………………177

林徽因：最美人间四月天 …………………………………… 179

侯德榜：救亡图存士子心 …………………………………… 181

孙中山：大医医国 …………………………………………… 183

广州的枪声
　　——献给20位闽籍烈士 ……………………………… 185

点灯的人
　　——献给南湖党的一大 ………………………………… 187

秋收起义 ……………………………………………………… 188

三湾改编 ……………………………………………………… 189

井冈山 ………………………………………………………… 190

古田会议 ……………………………………………………… 192

镰刀与铁锤 …………………………………………………… 194

英雄回家 ……………………………………………………… 195

站起来的名字
　　——献给八闽楷模周炳耀同志 ………………………… 198

杉木林之恋
　　——记"八闽楷模"福建省洋口国有林场杉木育种科研团队 …… 201

第五辑　人间有情

诗意闽江 ……………………………………………………… 208

灯火的晚会 …………………………………………………… 211

梦的翅膀 ……………………………………………………… 213

薄薄的夜···214

梦里天堂···215

闽江两岸···216

留住夕阳···217

茶亭公园一角：小桥流水人家·················218

台江步行街：回到从前·························219

万宝商圈：崛起·······································220

种温泉···222

我看见的幸福···224

金黄色的祝福···225

睡在海边···226

一把秧苗摇醒了春天·····························227

春天的声音···228

处处闻啼鸟···230

一生做一件浪漫的事·····························232

早起的妻子···234

亲爱的心···235

幸福密码···237

老了之后···238

在岳父家过年···240

亲亲的大头菜···242

三月桃花开···244

路边的芒果树···245

阔叶榕 …………………………………………… 246

看广场歌舞 ………………………………………… 247

风景如画

  ——贺ZY传记写作三十年 …………………… 249

找一块石头说话

  ——给石雕艺人 ………………………………… 251

懂木头的人

  ——给木雕艺人 ………………………………… 252

天使在人间 ………………………………………… 254

每一天，他都把妻子重新再爱一遍 ……………… 256

早上，遇见送花的老人 …………………………… 258

后记：我与诗歌 …………………………………… 260

第一辑
Di Yi Ji

回乡的雨

长草的老屋

找不到人
老屋就把草当做了自己的孩子

允许它们进屋
让它们住进卧室
纵容它们在起风的时候
光着脚，满院子跑

因为上了屋顶
一棵草兴奋得手舞足蹈
老屋没有制止
更多的草似乎得到了鼓励
接二连三
在往老屋的身子上爬

老屋坐着
神态就像在打盹
后来，老屋睡着了
睡得很沉
身上盖满了草

老屋与母亲

两个都是风烛残年,一个
在呵护着另一个

这两位老人
都是我在老家的亲人

只是,母亲看见我回来
会喊我一声乳名
老屋看见我
张口,无言

想想这间老屋,她的年龄
比母亲还大
她被时间钉在这里
脚底生根,她养大了一代又一代人
至今回到老屋,我的童年
还会奔跑而出

有时,看到老态龙钟的老屋
我真想动情地喊一声

——母亲

早年的母亲,系着围裙
围着锅台,进进出出
一双手,让住着十几个人的
老屋,没喊过
一次饿

母亲走进老屋的时候
比老屋年轻
但现在跟老屋比起来,已明显
老过了老屋

两个都已经很老的老人不在身边
我经常担心,老家有什么东西
会突然倒下

花点时间,再给点钱,老屋
就可以变新
但逐渐老去的母亲
该用什么办法,才能够
让你年轻

一回首,母亲比身边的老屋
又老了一截

奔跑

这两年，老屋突然拔腿起跑

一路狼藉
满地都是它扔下的物品：
起先是瓦片，木条
接着是窗户，门框，柱子
到后来就把自己身子骨碎裂的声音扔下来
声响越来越大
有点像自杀

但老屋丝毫没有停下来的意思
扔的东西越来越多
跑的速度越来越快
似乎要一口气把自己扔出这个世界
或者，跑出这个世界

那一天，我想伸手拉一下老屋
却发现自己也已经在跑
而且，像老屋一样
越跑越快

井水

井水不犯河水
井水站着，河水躺着
井水从低处往高处走
河水从高处往低处流
河水养鱼，井水养人
出了井口
井水就往炊烟升起的地方赶
进了家门，水缸是一口小井
井水坐着，宁静安详
井水一瓢子一瓢子地喂养我们
井水的一辈子往往只守着
一口井，一家人

从岩层里出来
井水清澈、明亮、干净
井水花很长的时间在我的血管里
清理、打扫
井水用碎碎的手指
像敲打一条木鱼

将我的身子反复敲打干净,敲打成
冬暖夏凉

这几年,井水从我的身体里慢慢走失
只留下一口枯井,空空的
装满干渴

一把伞
——致老家朴树林

在村口,站着,站着
她就开成了一把伞

雨来了,她在上面
风来了,她在前面
她把村庄揽在怀里
一晃,就是百年
再一晃,就到了眼前

守着村庄,她形影不离
她在搬运爱
脚步在泥土里来来回回
把一枝一叶的情,从脚底
搬到头顶,直至汹涌,直至
跌宕起伏
从空中,她一再俯下身子
将我们覆盖
一代又一代

回到故土
想起像伞一样的母亲
雨，就下来了

第一辑　回乡的雨

回乡的雨

雨不大,只是零星的几点
但雨一直在我的前面
看样子已经走了很久
后来,雨点逐渐密集起来
感觉就像其他地方的雨看到了它们
突然想起了什么,陆续跟了进来
雨好像约好了似的,无需开口
就用相同的步子,不言不语
踩进同样的心情

雨低着头赶路
雨是这个季节最容易断肠的行人
在回乡的路上
我看见大多数雨只走出一步
第二步还没迈出
就跌倒在地,满身泥泞

有一段时间
我把雨甩到了身后

但刚刚上了山腰,雨又赶了上来
雨踩着我的腰肩往上走
这时,我是一滴脆弱无比的雨
我藏在自己的眼眶里
一低头,就滑落

坟前草

草在坟前

草挤满了坟前的空地

这些草,有的沿着小路过来

有的顺着斜坡上来

有的抄捷径,直接从脚下的泥土里出来

在山野,草比我们更熟悉路

冬天一过,草总是先于我们感受到清明的节气

更早走到坟前

更早开始伤心

会花更多的时间,守在亲人的坟前

猛一看,草

似乎更像是母亲的孩子

我们到达的时候

会把草赶到一边,会在草

原来呆过的地方,点香,烧纸钱,上供品

会抽出一点时间,连带把草也一起烧掉

给老人再整出一块庭院

但过不了多久

草就会重新回来

草会不动声色,重新要回它的一切

不动声色,跟在我们后面

在我们走过的地方

都种上草

上山下山

我上山的时候
雨水已经下山
看得出,不久前,雨水在山上刚刚哭过一场

草还在上山
草挤过我的身旁一直往上走
从山脚到山顶络绎不绝
但很长一段时间,我没有看见一根草回头

那些生活在山下的人们是我的乡亲
他们经常上山
他们在山上种地、放牛、喂羊
他们经常跟草在一起
他们有跟草一样的柔软的心肠
他们走不动的时候
草会想念他们
草会摸黑从山上下来
领着他们上山

现在,我坐在山上的一块石头上
身边还是不断有人上山,有人下山
四周空气清新,草木茂盛

有一段时间
我说不出欢喜,也说不出忧伤
安静得像另一块石头

住在山上的亲人

许多住在山下的人,住着,住着
慢慢就不见了
他们一个领着一个
相继到了山上,相继搬进了山上的小屋
住好之后,小屋的门就关上了
他们有的会留下名字,有的
什么都没有

这几年,回到山下的老家
知道我的人越来越少
走到山上,我认识的人却越来越多
爷爷奶奶,父亲母亲,大叔大伯
——他们,都是我住在山上的亲人
在这里绕上一圈,好几次
我都想开口招呼,好几次
都想敲门问好

这些住在山上的人
不争,不吵,不病,不痛

他们怀抱石头,跟山坐在一起
时间的尘泥落在他们身上
一点一点加厚
如果再厚一点,他们看起来
跟山就没什么两样

清明节那天,在山上
我看见一个女孩在找她的亲人
沿着一条山路
来来回回地走,嘴里在喊
——爷爷,爷爷

难得

难得有这么一个节日
属于郊外，属于田野，属于那些
已离开我们很久的亲人
难得天气这么好
难得天空忘记了下雨
走到山脚的时候
难得还有热情的狗尾巴草
记得我是故人
一路送我到山顶

阳光真好
空气真好
清灵灵的鸟鸣声此起彼伏
像有一泓清泉被众鸟搬到树上
又从树上洒落下来
见到一下子来了这么多人
蜻蜓、蝴蝶、蜂鸟高兴得像一群孩子
在空中追逐、起舞
把最美的身姿展开给我们看

有一段时间,我把自己忘在了一朵花上
四处游走

面朝大海,春暖花开
我辛苦了一辈子的爹娘就住在这里
难得,真是难得

清明,像一个回家的日子

这几年,母亲,我已习惯了你住在山上
住在泥土里,跟草木生活在一起
爬过几道弯曲的山路
看见那棵瘦长的南洋杉
就像看见了你的影子,我喘一口气
忽然就有了一种亲切的感觉

一说到清明,你的孙子就高兴
好像这一天真的可以看见奶奶一样
这么多年了
他还记着小时候你给他喝的花生牛奶
记着你的白发
他听不懂方言,但他听懂了奶奶的笑
有一次说着说着,
我看见他被自己滚下的一滴眼泪
猛然吓住
母亲,现在,你的孙子已比我高出了一个头
他正在给你端菜、送饭、倒酒
把送给你的钱,一张一张用泥块

压好,很认真地,想把孙子的孝
送到奶奶的手里

一年一次,一年可能也只有这么一次
你的四处奔波的子女又围在一起
说着母亲又像一家子

英雄爷爷

爷爷酿得一手好酒
爷爷酿的酒带着爷爷走街串巷,大声吆喝
爷爷的酒让爷爷声名远播
爷爷的酒替爷爷从邻村带回了一位富家女子
成亲的那个晚上,爷爷豪情万丈,用一坛好酒
灌醉了大半个村庄
很长一段时间,奶奶的脸上
一直散发着幸福的酒香

后来,爷爷迷上了赌博
赌钱的爷爷十赌九输
赌钱的爷爷是赌场里最受欢迎的人
每一次,当爷爷从兜里摸出家里的田契
赌场都欢声雷动
这时,爷爷被众人簇拥着
满脸通红,像一位出征的将军

赌钱的爷爷一直输钱
土改的时候

刚好就输成了翻身的农民
奶奶心怀感激，就把爷爷当做家里的英雄
供了半辈子

爱酒的父亲

父亲爱酒
爱酒的父亲爱喝一点小酒
这时,父亲表情专注,近乎敬畏
一小口一小口地呷
一小口一小口,一个人
把一小杯酒,喝成
汪洋大海

请人喝酒
父亲手执酒壶,倒一次酒,就两杯
一人一盅,不多不少
喝一口酒,就夹一口菜
再聊上几句
一壶酒在父亲的手里得到充分的尊重
一壶酒风光无限
摇一摇,岁月静好
摇一摇,日影西斜,星光满天

空腹喝酒,慢着性子喝酒

爱酒的父亲把酒爱成了一门学问
那些清苦的日子
三杯两盏,父亲
就幸福得大醉一场

父亲的鞋

父亲舍不得穿鞋
父亲穿鞋的时候不是做客就是过年
平常就光着脚板走路
光着脚上山种地,下田播种
早出晚归的父亲,一直记得给田园浇水
给一家老少浇水
但忘记了给自己的脚浇水
父亲的脚变成一块旱地
寸草不生,裂纹纵横
脚底长出了厚厚的茧,像自己给自己打上的
密密麻麻的补丁

父亲小心呵护着他的鞋
一双鞋穿了好几年还是新的
但脚却在干脆利索地变坏、变旧
变得面目全非
配不上一双鞋

父亲的鞋最后还是我们帮他穿上

我说——

爹，现在好了

在另一个世界，你可以一直都穿着新鞋

不小心的父亲

父亲一直很小心
小心做他七个孩子的爹,五个兄妹的
兄长,十五口之家的当家人
在那个饥饿的年月,父亲
用老花眼,分辨着一颗红薯
与一把地瓜米的区别,掰算着生计的艰辛
用一条发黄的毛巾,父亲
小心擦去自己身上的汗珠,再随手
把自己一点点擦去。酒瘾上来
父亲掂着手心里的几枚硬币
走进路边的小店,靠着柜台,小心地
咂上几口。这时,父亲脸上的皱纹
像一朵在风中绽放的野菊
种田的父亲,打算盘的父亲,会说书的父亲
用勤劳、节俭、善良和爱,小心地
供奉着天地神明与自己的良心

一直小心的父亲,不小心
打破了自己身子里的一条血管

瞬间，一贫如洗
接下去的十年，父亲，用越来越弯曲的
双脚，用接近跪拜的姿势
僵坐在轮椅上，小心地
献上一双脚和一只写字的手，献上
麻痹、痉挛与阵痛
请求为自己的不小心赎罪

但一直到死，上帝
都没有原谅

书生父亲

一个前世的读书人
流落今生

一生没念过书
一生都摸着书不放
几本发黄的竖排古书
用红布包了又包
像从前世带过来的魂
总是担心丢失
隔几天,就要拿出来相认一回

在这穷乡僻壤的岛上
四面汪洋
父亲是如此不同的一叶孤舟
白天荷锄耕地,晚上就载着自己的孩子
回到前朝
指点江山,品说历史风云
这时,小屋安静,灯火温馨
我足不出户

看见了星辰,摸到了高山大海

后来,我成了书生
后来,我把父亲的离去理解成
回到前世,重新进京赶考

在田里犁地的父亲

父亲在田里犁地的时候
动作温和,表情生动,就像
在讲演一段故事

随着父亲的声声吆喝,情节
逐渐明朗
——犁铧前行,土地卷起波浪
泥鳅与黄鳝,这些地底下的居民
出其不意,蹦跳着
与你相见

这时,我光着脚,跟泥土
站在一起,我们互相喜欢
在父亲的背后
一路欢呼

从田里回来,父亲,就会兑上
半碗地瓜烧,眯着眼,看着
桶里的泥鳅黄鳝和身边的孩子

一小口,一小口地咂
模样斯文,像极了
一个书生

多年之后,我突然想到
我们这些孩子
其实都是父亲插播在自己心里的禾苗
父亲,弓背弯腰,负重负累
用了一辈子的时间
在为我们,犁地

在父亲渐渐老去的背影里
我们绿着,并且
成熟

父亲与山

以前，父亲不住在山上
父亲住在家里
但父亲会扛着一柄锄头上山
在山上锄草，挖地，种平实的生活
父亲早出晚归
父亲晚上回来的时候，就把山风与清泉
带进梦里
父亲睡得很实
父亲的鼾声一阵紧接着一阵
这时，平躺着的父亲似乎就是一座山
高低错落的山峰
在父亲的身子里
起伏，游走

后来，父亲老了，父亲走不动了
父亲没办法早出晚归
一直住在家里的父亲就一直睡不好
父亲越病越重
后来，我看到山亮出了他的怀抱
带走了父亲
山在父亲的身上盖上了泥土，野草与森林
父亲病好了

父亲睡得很沉,像山一样
无声无息

看见山,我想起父亲
想起父亲,我看见了山

给父亲搬个新居

其实,就是给父亲搬个新居
从村里搬到村外
从地上搬到地下

这个地方,最先住的是爷爷
然后是奶奶,现在
又多了一个父亲

自从把父亲安顿在村外
逢年过节,我就学会了烧香
拜过天,拜过地之后,第三炷香
我告诉父亲,你的儿子
在老地方,想你

辛苦了这么多年,父亲
在这里,你终于可以放下担子
歇一歇,重新做一回孩子了

傍晚,站在父亲的坟前

我脚边的一朵野花,猛然
晃了一下,我猜想,一定是屋子里的父亲
用力咳了一声,然后,喊了一下
我的乳名

是有什么事要问问儿子吗,父亲
以后,我会多抽一些时间来看你
就像从前,跟你聊聊一些事情
只不过地点,从平地
换到了山上

黑夜接管了父亲的晚年

黑夜在父亲的脚上做窝
黑夜住进了父亲的脚
父亲脚上的伤口像一扇破损的
窗户。黑夜卧在里屋
从这里望进去，黑乎乎的
一群黑色的蜜蜂正在忙碌
正把父亲的脚筑成
漏气的蜂巢

打开了脚上的缺口
黑夜顺势而上，控制了血管、筋脉
控制了父亲的脚趾、脚跟和关节
全面接管了父亲的晚年。此后
天还没有暗，父亲的眼前就漆黑一片
天即使亮了，父亲还陷在夜里
叫苦连天。我可怜的父亲
坐也不是，躺也不是
醒也不是，睡也不是
黑夜就站在他的背后，用一把很钝的

刀子，花十年的时间
做掉了父亲

很难说起父亲
一说起，天就暗了下来

这一夜,我成了一个孤儿

一生节俭的母亲,最后
省下一口空气
走了

一直都在防守这一天
可当这一天突击到我面前
我反击的,只有
泪水

三年前,父亲走了,我还有
母亲,还有一个人
会喊我乳名
现在,母亲也走了
这个世界最温暖的两个称呼
都与我无关

这一夜,我成了一个孤儿

现在,我点上一支蜡烛

坐在母亲的身边

对我自己说

你已父母双亡，你已无家可归

你已无人疼爱……

想着，想着

我就感到心酸

让母亲坐在我的文字里

原来，母亲就在这张藤椅上
坐着，面向大门，像一尊
会说话的塑像，等着
他的儿孙

回到老家，我会喊一声母亲
然后，像一个孩子
笑笑的，在母亲的身边
坐下

现在，母亲不在了
这间屋子，似乎一下子
安静了下来，静得
我不敢开口

我想整理整理母亲的东西
这时，身边的儿子突然说：
爸爸，我想哭

昨天，小妹告诉我
因为心里难受，又跑到了
那个房间，一个人
在藤椅旁边，自言自语

有时候，我也想跟别人
说说母亲，但一开口
就哽咽，就打滑，我猜想
深居简出的母亲一定不乐意
在我的话语里
进进出出

关于母亲，我习惯了闭嘴，偶尔
会流流眼泪，在没人的时候
把文字调整调整
腾出一张，藤椅的位置

今后，母亲，你就安静地坐在
儿子的文字里，当我打开荧屏
像以前回家一样
就会看见，满头银发下
你高兴的眼神

母亲不在了

母亲,很长一段时间,我都无法相信
你真的已经不在了
白天承认,晚上否认
睁开眼相信,闭上眼就不信
有一次,趁着暮色,我赶回老家
找你。扣着屋子的门
听不到回答
我从小声喊到大声
喊到惊慌失措
直到把自己从床铺上喊起来
还有一次,在我的叫声中,门开了
出来的却是一张陌生的脸
我醒悟过来
我就那样蹲在梦里
一直哭

你刚走的那会儿
母亲,一些与母爱有关的字眼
我都无法触碰

比如：母亲的花雨伞、妈妈的羊皮袄

儿行千里母担忧

她们都长着一张母亲的脸

遇见她们，我会情不自禁地哽咽

情不自禁地想诉说什么

而每年的清明节，不管是否有雨

母亲呀，我都全身湿透

都只能带着所剩不多的魂

还乡

这几年，母亲，我已好多了

我很少流泪

也不会在梦里四处找你。这几年

我已认下自己是一个孤儿

认下自己身上越来越多的空

有多少苦痛母亲没有咳出

母亲总是使劲在咳
咳出痰、咳出血、咳出五脏六腑
但咳不出家中的一团乱麻

把十几个人装进同一个屋檐
意味着要同时装进
一头猪,一群鸡鸭,一堆柴火
一张大桌,两口铁锅
意味着母亲要分身有术
要从自己的身上拆出更多的母亲
一个早起,一个晚睡
一个洗衣,一个做饭
一个照看孩子,一个服侍老人
拆到后来,母亲就拆到了自己的病痛
拆出一步一停
一步一咳

那个破绽百出的日子
还有多少苦痛
母亲没有咳出?!

一口气的重量

后来,母亲就是在搬动
一口气

满身大汗,上气不接下气
却无法把一口气
从体外,搬到体内

费劲地张口,变换嘴形
想让一口气
好走些

时而,母亲用手
指指胸膛,再看看我们
一脸的痛楚

我知道,母亲需要帮助
但看不见的一口气,这时
却重得让我
无从下手

我眼睁睁,看着一口气
从母亲的手上
滑落

人的一辈子,可以搬动
一座大山,但最后
肯定搬不走
一口气

很多东西,现在看来
都轻于,一口气

穿针的母亲

母亲在灯下穿针
母亲用尺子与剪刀，裁剪夜色
比照衣服破口的大小
裁出一小块一小块的碎布
再从灯光里抽出丝线，抽出温暖
把贫穷 ，缝好

在灯下穿针
母亲一坐就是几个钟头
我在梦里抬头
经常发现夜色被母亲密密麻麻的针脚
扎出血

穿针的母亲
用勤劳，耐心，精打细算
把一个漏洞百出的家庭缝补严实
穿针的母亲
身后拉着一群儿女，像拉着一条长长的线
在漫长的岁月里
艰难地穿

穿针的母亲
穿到后来,自己越变越细
最后,我看见母亲像针一样
一头扎进我的身子
不见了

我找不到线头
但我摸到了痛

跪送母亲

现在,锣跋齐鸣,颂经声声
母亲在上,佛祖在上
我们,一次又一次
反复下跪

这几年,母亲一瘦再瘦,最后
瘦成了一张纸
不咳,不喘,不花一分钱
独自一人,住进了
桌子上的镜框

站着,我高过桌面,高过
母亲,跪下去,我的头
一低再低
低过往事

那时,岁月多么沉重,母亲呵
你背着,用尽全力,不喊不叫
累了,喘一下

累了,再咳一声
再后来,母亲,你虽然卸下了担子
却再也无法卸下
满身的病痛

我跪着,不动,许多往事
走过我面前

我跪着,母亲的恩情
反复,站了起来

站着好好的,跪下去
我经常,泪流满面

守 灵

母亲走失了,而且
是一个人

我们慌作一团,大声地喊
接着,哭了起来

把灯开亮一点,再亮一点
把门开大一点,再大一点
让迷路的母亲
在夜里,好找

现在,我们把叫唤的声音
整理清楚,用香火点上
在更高的地方
喊

听到吗?
夜路难走,母亲,你慢点
一整个晚上,你的儿子
都会,等在这里

诵经声声

大家都在用劲

念经的僧人,磨破嘴皮
把佛经里的字
一个个喊了起来

木鱼,锣,鼓,各就各位
用不同的声音
叫着口号

我匍匐在地,掌心向上
心里喊着:
母亲,母亲

香,燃起来了
一炷又一炷
像匆匆赶路的佛的信使

傍晚,天上的云朵突然裂开
夕阳,洒了下来

我抬起头

惊喜地叫了一声:

——啊,佛光

中秋月

小时候,我喜欢盯着她看
当她由小变大,由缺变圆的时候
诱惑就成熟了
风吹过,她会摇晃
一个节日从空中垂了下来
空气中,溢出了香味

后来,我觉得她是一句话
她写在空中
当她由淡变浓,逐渐明亮的时候
声音就出来了
这时,我会听见远方的母亲在用劲咳嗽
然后大声,喊我回家

现在,想起天堂之上的母亲
猛然发现
她是一滴好大好大的泪
悬在空中,久久
不肯落下

习 惯

回老家,我习惯敲门
习惯把这种温情的感觉
敲给自己听
习惯把一个乡村少年,从屋子里
敲出来

母亲耳朵背
接下去,我习惯推门进去
习惯在厅堂里看见母亲
习惯藤椅上亮着雪一样的白发
习惯喊一声娘
在母亲的身旁坐着
做一个好脾气的儿子
用点头或者微笑
倾听絮叨
习惯在节假日盘算
要不要回家
习惯突如其来的牵挂
习惯这一些一些幸福的烦

不习惯用钥匙开老家的门

一开，就碰到伤口

泪如雨下

春天里的落叶

窗外的那排阔叶榕,一直都是绿的
这几天,约好了似的,突然一起放手
小径上,落叶纷纷
惊叫声不断

我回了一趟老家。屋里
光线正好,妹妹在忙。母亲
靠着餐桌,面前的一碗点心热气腾腾
见我进来,母亲,从幸福里
抬起头来,满脸笑容

我喊了一声
再喊一声
再后来,自言自语

突然,母亲不见了
我用劲睁开眼睛。这时
夜色沉寂,风动树摇
窗外的叶子

又在为新叶腾出位置
在春天里，纷纷坠落

随即，我的泪水夺眶而出
为落叶送行

伤心过头

新婚的老婆被人拐走
大叔疯了。疯了的大叔突然就爱上了唱歌
从村的东头唱到西头
又从西头唱到东头
长歌当哭,大叔在歌的世界里
手舞足蹈,忘乎所以
疯了的大叔,忘了这个世界
忘了自己
是一个最不应该唱歌的人

大叔会打人
打自己,打别人,打这个世上看不见的人
大叔的心中有许多敌人
但一直不知道敌人是谁
心中悲苦的大叔以最快的速度
将自己毁坏
没几年,大叔就死了
出葬的那天,很多人没哭
但我哭了,哭得
不像一个孩子

我知道
——叔啊,你不是疯了
你只是伤心过了头!

织渔网的女人

织渔网的女人把海绕成团
揽在怀里
一梭子是波峰,一梭子是浪谷
再一梭子就带出了一个海
在眼前起伏

织渔网的女人不出海
但织进网里的,一梭一线
都是海的牵挂
男人撒网的时候,她们睁开
水亮亮的眼睛
在海底,替自己家的男人
守望大海

织渔网的女人心胸很大
大过了一个海
织渔网的女人心眼很小
放不过一粒沙子

织渔网的女人身边有一张网
心中另有一张网
男人出海的时候
慢慢收紧

提篮子的姑娘

姑娘很小
小小的姑娘提着小小的篮子
早出晚归
从海边回来，篮子里有时会装着口粮
有时会装着学费
更多的时候，一天的汗水都从篮子里走漏了
提回来的
只有咸咸的滋味
提篮子的姑娘，被生活提在手里

那一天，提篮子的姑娘又到了海边
她想给刚出生的弟弟提回一份奶粉
她用去了一个下午
用去了天边的最后一抹夕阳
但她忘记了应该花一点时间
把自己放在篮子里
提回家

海水上来了
海水把她从生活的手里提了过来

把她从水底提到了水面
提篮子的姑娘最后被风提走了
像一朵花

后来，在她站着的地方
长出了一块石头
像一个孩子，正在低头讨海

搬凳子的兄弟

刚见到他,觉得他矮得不可思议
站在凳子旁边,只高出一个头
就像他的这一张脸是凳子给的
但他始终面带微笑,很温暖
而他的脚更是短得出奇,看起来就像身体上的
一个多出来的挂件
出生的时候,他的脚就只有这些
其他的部分,永远留在母亲的肚子里

没有脚让他走路
他就趴在地上,学习爬行
向草学习抬头
跟一条凳子在一起,练习
让自己站起来,搬动
苦难的命

他卖过血,摆过地摊,开过食杂店
三十岁的时候,他搬回了一个厂子
在一个有月亮的晚上
把厂里一个好看的妹子搬上凳子

然后,把自己也搬上去
这位一辈子没走过路的兄弟
突然大叫一声
感觉身子里长出了双脚
能站,能跑,能飞
——这个晚上,他搬回了一个家

不要叫我水鸭

请把烟波浩渺的水,流水潺潺的水
从水的词典里拿走
我见过的,都是瓦罐里的水,泥潭里的水
我喝过的,都是死去的水

请不要叫我水鸭
请把水从我的名字中拿掉
请叫我鸭,或者
生蛋的鸭

放鸭人

一个好的放鸭人,一天要做一件事
当群鸭归巢
他要站在草房的门口
迎接辛苦了一天的鸭子
他要俯下身子,对那些抱蛋而归的鸭
一只一只,轻轻抚摸,说声
谢谢,谢谢

一个好的放鸭人,一年要做一件事
他要把几只叫声洪亮,羽毛鲜美
身材丰腴的鸭
从鸭群里分离出来
——杀掉,或者卖掉
他要杀一儆百,警告
那些滥竽充数的鸭

一只水鸭喊出了我的乳名

听听吧,这些声音,多像
熟悉的乡音
再看看它们平静安详的模样,就像从前
我的乡亲,守着自己的家园
日出而作,日落而息
那几只羽毛鲜丽的小鸭,时而沉入水底
时而叫喊,时而拍翅追逐,真像以前
我们乡村的少年
真像

几只边上的水鸭望着我
喊了一声,又喊了一声
有一只水鸭,扑腾几下,终于
喊出了我的乳名

长在路边的芒果

这些长在路边的芒果
这些小小的人
小小的尘世
小小的悲欢

泥水里滚爬,烈日下烘烤
皮肤黄里透红
笑容憨厚,目光腼腆
哥哥带着弟弟
姐姐拉着妹妹,从枝叶走到枝干
从枝干走上枝头
苦孩子,懂得风雨同舟
懂得拼死突围

一个跟着一个
一声惊呼紧接着一声惊呼
生命高贵,身子卑微
撞身取暖
取人间小小的回响

这些长在路边的芒果

我都认识

他们蓬头垢面不管不顾的模样

每一次照面

我都差点喊出他们的乳名

村庄里的麻雀

一辈子爱一个村庄
爱一棵树
一群娃

也有翅膀
但不是为了飞翔
是因为忙碌
最远的远方是山地、丘陵、沼泽和农田
活着,忍不住多嘴
老了,就避开家人,找一个偏远的地方
跟时间对视
自己把自己掩埋

早出道个别
晚归是一曲牧歌
乡村古老的仪式,麻雀一直在坚守
见面作揖,互道安好
说的是乡音,唱的都是怀旧的民歌

暮色里
几只麻雀绕空低飞
给一排缺少人烟的屋舍
增添生气

第二辑
Di Er Ji

确认自己

爱上缓慢的流逝

爱上一切缓慢的事物
比如爱上一辆单车
老式的,漆面剥落,有怀旧的面孔
世界在奔走,但我们不急
慢处有风景,抬头云淡风轻
比慢更慢的是出神与发呆
时间露出缝隙,我在前尘往事里行走
——原谅曾经恨过的人
对生命一再感恩
人过中年,双亲已安顿在天上
身子轻盈,灵魂干净
小孩羽翼渐丰,有自己的前程
尘世广阔,人事苍茫
余生已短
我选择耐心与缓慢
爱够人间的亲人

补胎者说

一条车胎一出生
就被命运摁在了最底层
它的一生都在路上
它有数不清的方向与目标,但没有一个
是自己的归宿

见过补丁累累的车胎吗?
那种逆来顺受,那种艰辛苦痛
让人触目惊心
这一些,可都是它们身上的伤口啊
它们有血有肉,每一次修补
我都要小心翼翼
我都怕把它们弄疼

一辈子与车胎打交道
我最怕听见的就是爆胎的声响
那是一个劳碌奔波的人
一个绝望的人,喊出的
最后的声音

经常想起一只山羊

它从小就跟着我,认定
我是它最亲的亲人
它一天最高兴的事,就是等着我
放学,带着它上山
它吃草的时候,会不时抬头
看看身边的我,然后又低下头
一脸的幸福
见不到我的身影
它会惊恐万状,从山间
夺命似的奔逃而下
它害怕这个陌生的世界,但把熟悉的我
排除在外

杀它的那一天,好几个人对它都没办法
最后,还是我让它安静下来
还是我这个熟悉的人
把它送上了架子

经常想起小时候的这一只山羊
想起它怎么那么傻,那么真,那么轻易
就相信一个人

异乡人

我把自己的身子叫做家园
把自己的毛发、皮肤、五官与手脚
叫做亲人
时间策反了他们
我举目无亲

走在热闹的街上
我把自己叫做异乡人
叫一声自己的名字
泪流满面

用疼痛唤醒自己

现在,我学会了扎针
用长长短短的银针,冷不防
扎进自己的脚,然后
冷眼旁观
看着他从睡梦中惊醒
看着他负痛起床,从暗夜里
一瘸一拐地走来
我也学会了解剖
把亲人的名字一笔一画地拆开
——这一笔是眉毛,那一笔
是笑笑的眼神
这个扭曲的笔画,是父亲晚年
无法伸直的双脚。再解剖下去
就切到了自己的肌肤
这个时候,我无法冷静
我看见自己
一边垂泪,一边醒来

担 心

我担心自己会不打招呼地往回走
回到过去
抱着一根竹子过河,走泥泞小路
唱着老祖宗唱过的歌谣
模仿泥鳅的动作
尾随一条溪流快乐地下山
在池塘边停下来
找一块松软的泥土,挖一处泥穴
安家落户
这时,我担心遇见小时候的那只蚯蚓
担心它用方言向我问好
担心它热情地伸手,把我
拉进泥土

我担心自己会断为两截
一截扎进故土,一截握在手中
遥遥相望

一岁的脚

我年过半百
可我的一只脚只有一岁
相当于一个孩子
正在蹒跚学步

他只有一岁的力气,一岁的个头,一岁的肌肉
他的耐心也只有一岁
在路上,如果你发现我走走停停
请不要奇怪,这时,这个一岁的孩子已落在身后
他在玩耍或者卧地不起
我正在哄他,要等着他
慢慢跟上

大家知道,活了几十年还只有一岁
这样的孩子营养不良,身子骨瘦弱
他容易着凉,全身酸麻
地上的一粒石子都有可能将他绊倒
让他痛哭
我要经常给他穿上厚厚的衣服

给他扎针、涂药。我发现
他的血管里流的似乎不是血,而是一条河
冷冷的,结满冰块
长年带着一个一岁的孩子
我经常提心吊胆

可是,这又是一个多么无辜的孩子啊
他只有一岁
却要遭受这么大的罪!

不过现在,我已习惯了与一岁的小孩相依相偎
习惯了用一岁的慢和小心
走路,为人做事
有时,也顺便把自己的眼睛
退回到一岁,好奇地
打量这个世界

清晨鸟鸣

这时,我是一粒睡熟的果子
窗外的小鸟
从枝头纷纷落下
小鸟爱我
小鸟在分食我的身子

多么盛大的一场宴席
我听见众鸟欢唱
看见自己被掏空
被融化

我挂在枝上
上不去,下不来

清晨鸟鸣
一场欲罢不能的艳遇

耳鸣

我听见了声音里的
不一样的声音。平常细声细语说话的人
竟然袖里藏刀,寒光闪闪
铃声、歌声、喇叭声,声声振聋发聩
我绝望地发现,这个世界
就是一辆满载着噪音的老式列车
正隆隆碾过人群
我无处躲藏

在没有声音的地方,我听出了声音
一直以来,我以为自己的内心是一座圣殿
里面供奉着木鱼与经声
现在,我发现它竟是一个牢狱
关着一大群的蜜蜂、知了和麻雀
它们打闹、叫喊,密谋暴动
恨不得将我撕碎

偶然的机会
让我打开了声音里的秘密通道

听见了别人听不见的声音
我是一个与众不同的人
我于心不安

裂 缝

现在,我知道自己的身子有了裂缝
我对它轻举轻放
我担心一失手它就裂开了
我担心它尖利的碎片将我扎伤

我避免与人争吵
我习惯性地点头、微笑、发呆、沉默
很多话根本不需要说
还有一些话
裂缝已替我说出

因为裂缝
我跟这个世界有了距离
我经常跟自己的身子背靠背
坐在一起
它跟我说酸麻、疼痛、劳累、辛苦
我对它说苍凉、无奈、力不从心
我们相依为命

裂缝正在扩大
对深陷其中的身子
我顺其自然
我只抓住善良、同情、宽容、悲悯、
对肉体里的几斤骨头更是紧抓不放

放下

过年了
我给自己挂上灯笼,贴上春联
放一串鞭炮,吆喝
——放假了

把没有写好的诗歌关在电脑里
把心头的念想放下
顺手也把自己
从过去的一年中
放下

放下的感觉真好
我一身轻松,怀里揣着假期
一路挥霍

从一大沓的时间里抽出几张
给睡眠
给儿子
让身子到郊外走走

种上阳光、花香、鸟鸣
剩下的部分,就泡一壶清茶
看闲适的心情
在杯中,沉浮

一杯茶还没有喝完
假期就过去了
想想,明天又要上班
想想,很多事情,其实
还是无法放下

生病

这几天,病得厉害
走在路上,我连自己
都提不起

不知被谁洗劫一空
骨头没了,大脑没了
只剩一副躯壳
靠着床铺
呼救

往事破墙而入
不断把我打翻在地

我的额头开始发烫,这时
我突然又想起童年
想起母亲的
一只手
几句话

台风过境

一群人在还乡
一群人在寻找他往日的家乡

他们边走边叫,边叫边喊
找不到回家的路
他们哭了
他们抱着人间在摇
泪如雨下

台风过境
我看见了游子悲伤的模样

打坐的树

树用站的形式打坐
它把自己的脚伸进泥土
不挪动一步
在一种无人知晓的高度
参禅,悟道

树不争吵
一棵树也许会喧哗
两棵树在一起就安静下来了
三木成林
一群树聚在一起就相当于一个寺院
一座寂静的大山
风吹树叶,响起的就是经书翻动的声音
平和,安详

一棵树站着,一辈子不动摇
一棵树站着,境界越来越高
树不开口
树的一生都在修炼
树从阳光、雨水、空气中提取精神
不出意外,到后来,一些树仙风道骨
一些树,平静坐化

跟人相比
树的一生，安静许多，干净许多

一棵树能走多远

一棵树站在那里,不动,但一棵树
一直都在走
树叶领着树枝在走
——向外走,向上走,向着明亮的地方
一个台阶一个台阶地走
树根藏在树影里
向着相反的方向走
——向内走,向下走,向着黑暗更黑的地方
边挖边走
——树根为着别人在走

一棵树站在那里
有风就开始摇动
两只脚,一只向前,一只往后
谁也说服不了谁
一棵树,左右为难,一辈子
迈不出一步

但站着的树,暗地里
往往已经走得很远,很久

从握手到松手

云在握手的时候,脸色
由浅变深,变黑
乌云滚滚
一松手,眼泪就下来了

从花苞、花蕾、花蕊到盛开的花冠
花的身子越长越大
花的手也越握越紧,直至
灿烂辉煌

一松手,花就凋谢了
来不及喊一声娘,花的孩子
就成为孤儿

大海,不知出于何种目的
用反复握手松手的方式,让海水
涨了又退,退了又涨

一个新生儿,握紧双拳,哭喊:
我要——

另一个老人,松开双手,平静地说:

瞧，我什么都没带走

从握手到松手
一个过程，谁在高处指挥
循环反复

站在一棵树面前

一棵树老了
他站不住,他向着自己的命运
弯腰,低头

他往回走
从高退到低,从喧哗退到平静
当他退进泥土,他停下了脚步
像一个人一样
挖一个坑,将自己掩埋
这时,他留在空中的身子
像一个花圈,在祭奠
他的一生

但他拒绝倒下
他在自我疗伤
一手扶着泥土,一手扶着自己的身子
重新站了起来
领着自己的今生与来世
一起来到人间

这时,他圆弧形的腰身
就像一句口号在喊

站在一棵树面前
我看见了自己的渺小与卑微
看见自己是一截莫名其妙的物品
光秃秃的
——无枝,无叶
——无头,无尾

三沙留云洞

在波涛之上,摇晃着
登上几级台阶
一排大浪迎头撞了过来
我惊呼一声,发现浪头已然打住
一片巨石盘腿而坐
在我抬头的时候,开口
并送出偈语
——留云不留人

从红尘到方外,我跨过的
仅仅是一道拱门
这里,灯光安详,香烟缭绕,接引的佛号
一声接着一声
我紧随其后,双手合十,脚步越走越快
身子越来越轻
有一刻,我空空如也,功德圆满
有一刻,我轻如一缕青烟

从此,留云洞口的那一只木鱼

就经常在我身体里敲
提醒我:
与一朵白云的距离

第二辑 确认自己

在崳山岛与一只老山羊相遇

之前,我们正在狩猎
在一大片云海的掩护下,深入
波浪起伏的草场
劫掠风景

半山腰的一只老山羊
一个突如其来的拦截,让镜头
纷纷俯下了身子

赞美,招呼,拍照以及合影留念
能给的,大家都给了

对那一副老得无比亲切的面孔
私底下,我又送上一些伤感与怀念

随后,我们继续上路
随后,在拐过一道山梁的时候
我听到有个声音
在身后,低低地响
——有谁,有谁,能跟我聊上几句?

我曾经与一只蚯蚓对峙

好深的一个洞
好大的一个窝
满满的一家子,惊慌失措的一家子
被我堵在了洞里

一只粗大的蚯蚓一半扎在土里
一半留在洞外,不进不退
我抓住它的时候,感觉
它也用劲抓住了我
紧紧不放

最后,它断为两截
最后,它掩护一窝子的蚯蚓胜利逃亡

很久以后
当我有了自己的孩子
我突然想起了那只与我对峙的蚯蚓
断为两截的蚯蚓

落后的秧苗

满目春光
一大片一大片的秧苗在田野里绿着
在阳光下打滚、摇摆、歌唱
那么努力、那么尽心
那么让人欢喜

但坡顶上的那片不是
她们先天不足,营养不良
她们落在后头
春风一再催促
只走出浅浅的一截

这,多么像我小时候的模样!

那时,老鹰就在头顶上飞

那时,天空蔚蓝,云朵洁白
老鹰就在我的头顶上飞

那时,我很小
我光着脚走
我赶着一群比我更小的鸭子在田野上走
鸭子在田里觅食
我在想象里觅食
老鹰在我的头顶上觅食

那时,我手里只有一把竹竿
竹竿很细,我胆子也很细
老鹰捉小鸡,老鹰也捉小鸭
老鹰靠近的时候
我把鸭子藏在青青的秧苗里
我无处躲藏
我挥舞手中的竹竿
藏在自己的的虚张声势里

那时,我很饿,老鹰也很饿

我赶着自己的童年

老鹰赶着我

一起跑

被怀疑的人间

怀疑某种病毒
怀疑夜行的蝙蝠抱有敌意
怀疑你看我的眼神另有所图
一声咳嗽,喊出十万伏兵
这身边的一切都值得怀疑
迎面走来的那一个人
受了谁的指使?

满街的人都捂着口罩
我混迹其间
身份不明,面容模糊,形踪可疑
在一个路旁
有人叫了我的名字
对着一个 N95 的口罩反复确认
我们才对上信号

回到家,摘下口罩
摸摸额头,瞧瞧舌苔
我开始怀疑我自己。对着镜子

我一边大声咳嗽,一边犹疑着
要不要向厨房里的妻子
举报自己

相依为命

事到如今
我认出艾草是我的亲人
艾草记得我的身子骨
知道我的疼,我的痛
知道我五行里缺水,缺土
缺一把温暖
那些进入我体内的艾草
往骨子里走
水里火里不回头
冷的时候,喊几声艾草
我的手脚就暖和一些

从今往后,洗心革面
从今往后,牧马放羊,自由散漫
给自己一块干净的土地
种一片草,养几棵树
相依为命

期盼一声蛙鸣

总是忙碌,总是到了年末
始觉两手空空,握住的
只有越来越多的冷
这个爹妈给的身子
像断码的衣服,无法更新
穿了几十年
一年比一年旧,一年比一年破
风来了会响,雨来了会漏
雨夹雪时常穿堂而入
追得我四处躲藏

这时,我就开始羡慕起青蛙
青蛙多聪明
趁着大好时光,从河里上岸
耕田种地,娶妻生子
日子红红火火
气候不对,就选一处松软的泥土
以冬眠的方式作一个隐士
轻轻一挥手
就把红尘挥出千里之外

今夜，冷空气再一次挥师南下
气温一触即溃，退到冰的边缘
我思维迟钝，手脚冰冷
缩在墙角的一隅，竖起耳朵
期盼一声蛙鸣
把我唤醒

第二辑 确认自己

秋天的脸

天空很空
天空空着的地方刚好装进一张季节的脸
季节变了,脸色也变

这秋天的脸,纯净,温和
像一幅画,空的
像一句禅,不说

瓜熟蒂落,水落石出
那么简单
那么本真
这秋天,似乎在不断地删除自己

最应该骄傲的时候
表情却最为平和
这秋天,让人一读再读

秋天的脸是一面镜子
我用它
查看自己的灵魂

确认自己

确认这是一副用坏的身子
睡去需要用力
醒来却须小心

我回到清晨,但身子还滞留在昨夜
这需要我付出耐心
耐心地等它回来
等一辆破旧的单车,在我身边
摇摇晃晃响起

我醒来
确认昨天的我跟今天大致相同
晨光明亮,暗香浮动
我确认自己身有伤痕
依然心怀感动
爱着这个不完美的人间

3 第三辑
Di San Ji

历史深处

寻古大庙山

1

沿着仄仄的石板
从山脚进去,一路蜿蜒到山顶
你会感觉自己被时间推着
一直在后退
最后,退进两千年前的汉朝
才慢慢转身

眼前草木葱茏,瓦舍安详
我把遇见的人点化成古人
让那个越王勾践的后代在这里重新登台
他头顶冠冕,南面称王
这时,天地苍茫,天风浩荡
我看见房屋后退,江水上行
看见山脚下汪洋一片
汹涌起伏的浪涛,像闽越国的子民
奔跑欢呼……

2

从这里望上去,山顶上的越王台
就像一个老人端坐高处
俯瞰江山万里

但我更觉得它是一道来自上天的旨意
或者一枚王者的印玺
自从越王台戳在峰顶
山川肃穆,纷争止息
闽中故地从此安静下来

3

没有大庙
没有叩拜的子孙
大庙山的身世让许多人怀疑

还好,大庙塌了
王气依然还在
从这里往下看,你会发现
风喊着口号,领着一排一排的树木
年复一年都在山坡上朝拜

到了晚上
山下还有满城的灯光
像香火，一直亮着

4

与其说关着的是一条龙
不如说关住的是光阴、是想象、是故事
是王室的风云

明知井里看不见龙
还是探头入井，只为确认自己
是个俗人

也想养一只龙陪伴左右
心情好时，行云布雨，飞龙在天
心情不好，潜龙在渊，神龙见首不见尾

5

说它是登高石
每年九月九，总有人心怀喜悦
在它身上踩一踩，跳一跳

但没有人想到
从天上跌落人间，它是不是
想回家

在人间
我一直在寻找一种石头
踩一踩，可以让自己的骨气
拔高三公分

6

是大隐隐于市吗？
曾经显赫的大庙山淹没在街市
淹没在历史厚厚的风尘里

从山顶回到山脚，我看见
那块碑刻从山麓退到路边
又从路边退到墙角
碑上的字，进退维谷

现在，我坐在一条青石凳上
喊出米襄阳

与这位千年的古人

隔空闲聊

然后，我们一起，对这座全闽第一江山

重新赞叹一回

注：大庙山原名惠泽山。汉高祖五年（前202年），刘邦在此山册封无诸为闽越王，统领闽中故地，当时册封的台称为越王台。无诸死后又在山上立庙祀之，为汉闽越王庙，俗称大庙。宋代书法家米芾手书"全闽第一江山"石碑立于山麓，山上还有钓龙台、钓龙井、登高石等历史遗迹。

水声灯影里的上下杭

1

水在用劲
泥沙在用劲
时间在用劲
数万年的沧海桑田,一万次的潮涨潮落
波涛受孕,波涛吐出两道彩虹
一个叫上杭,一个叫下杭
——上下杭,因水而生,临水而立
——上下杭,船行天下,连接江海……

2

"城南十里沙为岸,鳞次千家拥钓台"
一水一码头,一家一商铺
水赶着山货,赶着高山流云顺流而下
水赶着海产,赶着海韵天风逆流而上
山海际会,八方来客
水与水相连,水与水相通

水在上岸，水在吆喝，水在走街串巷
推波助澜的水，高山流水的水，水水联手
把上下杭的繁华与锦绣
送出千里之外……

3

商铺林立，商贾云集
商行进驻，会馆集聚
"近市鱼盐千舸集，凌空楼阁万山低"
再加上饭馆、客栈，加上
人声鼎沸和舞榭歌台
就是一个十里洋场的上下杭

潮涌双杭出
上下杭是一艘弄潮的船
一个叫做闽商的群体
一种敢拼会赢的精神
就从这里扬帆起航

4

夜幕低垂，喧哗退潮
晚妆后的上下杭，款款深情

此时,渔火点点,江风温柔

明月皎洁,灯火朦胧

此时,适合谈论风月

适合才子佳人柔肠寸断

在春风十里的南台,且放下人间是非

且卧清风一榻,看夜色无边

听珠娘弄弦

听桨声欸乃

听水声如一行押了韵脚的诗句

平平仄仄,荡进夜的深处……

远处,一盏红灯笼一直亮着

像谁家的女子

在等着一个彻夜不归的人

5

在上下杭,你会看见

达官贵人的身旁就走着贩夫走卒

释迦牟尼的旁边就坐着孔子或者老子

一边书声琅琅

一边木鱼声声,梵音缭绕……

在上下杭，你会发现
高高在上的张真君入乡随俗
心甘情愿被供成了"商神"
心甘情愿跟着众人高喊
——圣君殿潮水两头涨，财源滚滚随潮来……

泰山不让土壤
河海不择细流
走在上下杭的街上
我看见了兼收并蓄
摸到了有容乃大！

南台十景（选八）之一：钓台夜月

适合一人，一舟
一壶酒，一船闲愁

斟一杯酒
与传说中的古人对饮
讨教垂钓之术
讨教如何用一根钓竿
垂钓一世功名
如何从一滴清露中
钓出满江清辉
锦绣华章

再斟一杯
与自己对饮
舀一勺李白的明月
夹一口苏东坡的赤壁赋
歌一曲曹孟德的短歌行
直至无语
泪流满面

饮尽最后一口
已然人间千古

南台十景（选八）之二：三桥渔火

水声隐隐，晚风轻柔
月色朦胧，渔火点点
谁的金手指
画出了南台仙境？

素月分辉，明河共影
合沙桥，万寿桥，江南桥
三桥浮动
仿佛可以从往世走到今生
又从今生看见来世
俯仰之际，天上人间

"夜桥灯火连星汉，水郭帆樯近斗牛"
灯光如星光，河水成了天河
看舟楫往来，渔歌唱晚
水天一色，夜火明灭
谁在把酒临风？
谁知今夕何夕？

有谁问

这三桥下的人家,是否安好

是否想回到人间?

南台十景（选八）之三：越岭樵歌

古树参天，芳草鲜美
阡陌交通，鸡犬相闻
"木欣欣以向荣，泉涓涓而始流"
谁的桃花源
谁的归去来兮

山河辽阔，江山壮丽
我独爱林间小屋
瘦瘦炊烟
爱一钱清风，二两明月
爱几声鸟鸣，如清泉
从山涧滴落

现在，落日树梢
清风入林，雀鸟归巢
山下有水酒一壶，酱菜两碟
稚子候门，温情盈屋
生活如此简单，生活如此美好

我且迎风独啸

有谁上前

与我高歌一曲？！

南台十景（选八）之四：苍霞夕照

一直回味那一种温馨
那一种转瞬即逝的美好

阳光柔和
夕阳有一张慈祥的面孔
不是蹲在岸边，就是坐在树梢
江水沐浴金辉
松林披着祥光
归巢的群鸟满心欢喜，口吐珠玑
声音一声比一声动听

夕阳再柔和一些
炊烟就开始袅娜
树林里人影绰绰
对弈，品茶，信步，闲聊的人
都带上了古风与逍遥
像画里的人
像江面上突然出现的仙境

回过头
夕照已是一种治不好的乡愁
终身相随

南台十景（选八）之五：太平松籁

有一座山，一片汪洋
有怪石嶙峋，小径缠绕
有一大片密集的松林
有几棵松树忍守不住寂静
带头喊了起来

接下去的一刻，惊心动魄
你会看见松林翻滚
松涛阵阵
漫山遍野的松树互相应和
在喊，在跑
像江水上山
像汹涌的浪涛站了起来

松林用怒吼的声音告诉你
最安静的地方
也许就藏着惊雷

南台十景（选八）之六：银浦荷香

那时，木屋毗连，万物有序
人爱池塘
池塘爱人
池塘带着真情
守着房前屋后

捧出天光云影
为你养蛙鸣
养一池一池的荷花
她们笑语盈盈
绿影婆娑，暗香浮动
那时，你心有旁骛，熟视无睹
觉得她们很平常
平常得就像你邻家的几个妹子

后来，你知道她们是仙子
有许多好听的名字
在唐诗宋词里
她们叫芙蓉，芙蕖，莲花，菡萏
已好看了千年

再后来,你学会了回忆
学会在身子里挖一口浅浅的池塘
养几缕荷香,
暗暗地疼

南台十景（选八）之七：白马春潮

现在，我被春天叫醒
有一百面大鼓
在我体内擂响

你看见了吗？
巨浪翻滚，响声如雷
那是我在赶着一千匹的野马
蜂拥上岸

请你们让开
让出一条大道
我要横刀跃马，驰骋江山
给人间披上锦绣

南台十景（选八）之八：天宁晓钟

此刻，天空静默，万物肃立
一条江忍住寂静
在暗夜里慢慢地白
此刻，可以醒来，但不宜喧哗
应静坐斗室
朝着自己的内心
双手合十

钟声清越，钟声肃穆
此刻，应低下自己自以为是的头
向天地忏悔
让自己谦恭、卑微、渺小
让欲望变小
让愧疚泪流满面
以便让自己原谅自己
与新的一天握手言和

身在红尘，心有寺院
那位在钟声里走出家门的人

祝福你

——身子干净,灵魂清醒

青年会,永远的青年

1912 是一个普通的日子
但它跟青年会结合起来
就代表着一个标志性的建筑
代表着年轻、时尚、活力、潮流与向往
闽山苍苍,闽水泱泱
临水而立的青年会风华绝代
闽江的风,太平洋的风,世界的风
惠风和畅,风云激荡
它吹来了第一部无声电影
第一个室内篮排球两用球场
它把一个两千年的历史古城
向现代文明
吹近了一步

青年会
像一个走在时代前头的青年
后面跟着一大群的年轻人
跟着一整座城

睡了百年
青年会又醒了
它从历史的影子里站了起来,青春四溢
百年之后
青年会,还是青年!

注:福州青年会地处台江解放大桥桥头,为闽籍爱国侨领黄乃裳筹建。1912年动工,1916年建成。大楼濒临闽江,规模宏大,气派非凡,曾是福州近代最早、最大的一座综合大楼。大楼内设有福州当时唯一的室内灯光篮排球两用球场,福州第一部无声电影就在这里放映。著名文学家郁达夫曾三次到福州,在青年会四楼的一间临江房子里住了五六个月,郁达夫的作品中多处提到青年会,自称"原籍福建"。

历史的脚印
——俯瞰上下杭古宅

历史走了
但它的街区还在,宅院还在
灰灰的瓦片还在
历史走了
但它的名字还在
它留下来的脚印还在

顺着长长短短的脚印
走进上下杭
扣开一座古宅的大门,很容易
你会碰见了一个挂满笑容的商人

洗净铅华的历史
积淀下来的,都是文化
都是重量

榕城古街：古色古香的约会

找一个与众不同的地方约你
时间是明末或者清初
琉璃瓦屋顶，碎格子窗户，屋檐下的灯笼
像我的心情
一点一点地红
酒旗的心肠跟酒一样热，风一来
就在门口招呼客人
这时，我身穿长衫，手握折扇
在一杯茶香里一小口一小口地
品咂清闲
这时，如果你来了，请抱拳作揖
请用方言喊我一声兄长
把我们的见面，喊成
古色古香

注：榕城古街位于福州市台江区瀛洲路，南向毗邻台江集贸市场，北与五一路相接。为明清风格仿古建筑，屋

檐翘角鹊尾、琉璃瓦、悬钟、水柱、绘梁画栋，形成富有福州地方特色的商业街。榕城古街人群川流不息，曾经为福州最为热闹的人行商业街之一。

茶亭街：指尖上的村落

茶馆林立茶亭街
一壶茶，一份福报
一座凉亭，一棵菩提
最早的茶亭街就是心头的一个善念
手指间的一片慈悲的茶叶

从茶叶开始
剪刀、厨刀、桶刀、剃刀、油纸伞、角梳
紧随其后
这些带着人的体温、脾气与性格的手工业品
它们像返乡的游子
一个接一个
在这里安家落户
它们用勤劳智慧，用诚实守信
用心灵手巧，用精雕细琢
建起了一座指尖上的村落

住在这个村落里的居民
很多人都身怀绝技，多年之后

它的故事与名号
还在代代相传

　　福州洋头口（吉祥山）至南门兜的一段路（今八一七路的一段）称为"茶亭街"。相传有一位僧人当年化缘为南来北往的行人建立一座凉亭，整日烹茶施舍行人，久而久之，在此地免费煮茶水给行人喝的习惯被延续下来。以后这里茶肆林立，逐渐成了街市。民国时期扩路成街，当时许多闻名遐迩的名牌优质产品都集中在这里出产和销售，这里遂成为福州市历史悠久的典型手工业街。

高氏文昌阁：风骨

别人在经商，他在读书
一条街的人都在数钱
就他一个人，在数着自己的精神

别人把财富攒在钱柜里
他把财富攒在书架上
一卷书，就是一份家业

在满街的叫卖声中
长出一串与众不同的书声
这就是文人
这就是风骨

注：高氏文昌阁位于台江区上杭路134号，始建于清嘉庆年间，为高氏书斋（一说为私塾），多次重修。坐北朝南，阔三间，进深6.5米，重檐山顶，穿斗式二层木构建筑。是福州现存有数的文昌阁建筑之一。

白马桥：木头家园

木头从上游来，从山上来
长途跋涉的木头到了这里停了下来
木头跟木头挤在一起
木头跟木头产生了感情
木头跟木头结婚生子
长出了更多的木头
长着，长着
就长成了一个木头大家庭

那时，在这个大家子里
木头们的幸福简单纯朴
光着膀子干活
挨着身子吃饭
木头们熙熙攘攘其乐融融
后来，岁月流转沧海桑田
很多木头有了想法
背起行囊向城市走
向远方走
只剩下一座桥

像孤独的老人
回味过去时光

注：白马桥位于台江区的义洲，而义洲自古以来是福州木材市场的主要集散地。白马桥下便是当时福州主要的木材贮运场。白马桥现为市级文物保护单位。

武状元与他的刀

刀在手里
刀只是兵器

刀在心里
刀才是凶器

因为刀,他成为武状元
因为刀,他差点成为罪人

但刀再快也快不过一粒子弹
武状元的身手再好也拦不住一个时代

最后,他退出了历史
刀,在时间的墙上挂着
一点一点生锈

注:武状元公馆位于台江中平路172号,是清朝末期一位武状元黄培松的府第。黄培松曾率兵多次镇压同盟会发动的武装起义,后逐渐认清形势,归顺民国政府。

流进历史的安泰河

就像浪子回头,一条河
认祖归宗
重新流进了历史

循着声响,溯流而上
那个五代闽国的创建者
正站在唐末,用双手
打开水闸

千年的光阴哗哗流进河里
宋、元、明、清,那些曾经辉煌的王朝
相当于几圈小小的波纹
荡起又消失了
而那些历史掌故与民间传说
却一直蛰伏在石缝间
河水轻晃
就纷纷破土发芽,长出参差的水草
晚风轻拂
她们长长短短的倒影,在水面上
斑驳招摇

再留意一点，你就会见到一些书本中的人物
他们沿着河岸
或站或坐，或吟诗作画，或耍枪弄棒
他们是这条河的孩子
从河里出发
如今又纷纷汇聚到了这里，跟河水
一起流淌

到了夜里
天上的星星大规模出逃
她们来到河里，次第挑起灯盏
趁着夜色
在修复一副"秦淮风韵"的历史脸庞

站在入河口
小小的木船欸乃一声
来不及喊叫
你就跌进了深深的历史……

第四辑
Di Si Ji

星汉灿烂

无诸：开闽第一人

越国没了
精魂还在
三千越甲就站在你的身后
挥拳，低吼

山河已破
那就再做一位苦心人
把筚路蓝缕栉风沐雨
把开疆拓土
当作又一种卧薪尝胆

苍苍闽山，泱泱闽水
妖娆了千年
荒芜了千年
在等一个人将她打开

爱一片疆土
就像爱一个人
把心给她

把名分给她
把安定富足给她

兵出中原，破秦灭楚
是开基立国
头戴冠冕，南面称王
何尝不是最庄重的承诺？

筑一座城
放进英雄气短儿女情长
献上苍烟巷陌
人间烟火

蛮荒了千年
孤独了千年
闽中故地第一次动了感情
将一个人
感激了千年

董奉：杏林春暖

对着自己的处方
加一碗水，治病救人
吹一口气
诞生一个国度

从他的处方走出来
一棵杏树就是一个人
病后重生，心怀感恩
他们生活在山上
睦邻友好，相亲相爱
放牧野兽
养一群杏子
供奉天地神明
山川河谷

他们回到人的最初状态
以物易物
以心换心
以春天交换春天

"居山不种田

日为人治病亦不取钱"

他从自己的处方中,取出了一个天堂

供世人仰望

注:董奉,侯官县董墘村(今长乐区)人,为东汉名医,与华佗、张仲景并称"建安三神医"。他为人治病不取钱,重病愈者使栽杏五株,轻者一株,如此数年,蔚然成林。后来"杏林"就成为医生职业的代名词,董奉是"杏林"的始祖。

妈祖：问人间安好

人间苦难太大
第一声啼哭，你就被噎住
一句哭声，用了一个月的时间
才艰难地吐了出来

潮起潮落，大海茫茫
这座十几平方公里的小岛
多像一艘破损的小船
在风浪中颠簸漂浮
前方没有路，也没有边
他们在呼救，呼救一双
救苦救难的手

风声如哭声
涛声就是喊声
你在浪涛上日夜奔走，打捞像浪花一样
破碎的声音
大海啊，这本汹涌澎湃的大书
要如何才能读懂？！

读海草写的文字

读海的风云气象、朝露晚霞

读海的波涛、暗礁、水文

读懂了海,就读懂了海岛的病痛

读到最后,你一笔一画,用工整的楷书

写上自己的姓名

自己的婚姻

再加上自己 28 岁的生命

写成一张爱的处方,治疗

海的伤口

羽化升天并不意味着离开

你站上云间、站上高空

在更高的地方眺望大海

然后,爱更多的人

从此岸爱到彼岸

爱到地老天荒

一千年过去了,我看见你

依然站在风口

像一个母亲

用慈祥的目光

问人间安好

张伯玉：领着榕树进城

之前，榕城不叫榕城，榕城里也没有榕树
它是一座孤城
孤城里住着孤单的人
烈日赶着酷暑经常将它包围
这时，住在城里的人就像住在一口
倒扣的锅上
火，就在头上燃烧

一座城市
除了住人
是不是还要住进其他的什么
比如——
绿荫、鸟鸣、清风或者明月？

后来，你就领着一批榕树进城
这些新来的子民
长期生活在乡村、山野
它们吃苦耐劳，随遇而安
小巷、路旁、河边

到处都看见它们蓬勃的身影
以后，每次酷暑来袭，人们看见
他们都站在前头、上头
一边战斗
一边用阴凉安抚我们

时间久了
榕树成了我们抬头不见低头见的邻居
成了这个城市不能缺少的居民
一些榕树住进院子
亲近得就像自己的家人
跟榕树生活在一起
很多人学会了不争不吵，平静安详
学会了如何做人

后来，榕树的数量越来越多
榕树就成了这个城市的偏旁部首
站在这个城市的左边

多年之后，人们发现
当初领着榕树进城的人
自己也长成了一棵参天大树

后来,我们知道

榕树比人长寿

注:福州地处南方,入夏酷热,中暑生病的人很多。北宋福州太守张伯玉到任后,经过调查,下令编户植榕,几年后,福州绿荫满城,暑不张盖,因此,福州有了"榕城"的别称。

陈文龙：看住大海的波浪

水往低处流
但大宋的江山比水流得更快
从北流到南
从北宋流到南宋
水流越来越细，越来越快
最后，东流入海
怎么拦都拦不住

对于大海
你把它理解为另一种江山
你把未酬的壮志带到了海里
利剑所指，波峰会低下去
浪谷会高起来
大海变通途

生前，看不住大宋的江山
死后，化为忠魂，看住了波浪
看住了祖国的海疆

后来，你不仅仅姓宋
还姓忠义，姓百姓
彪炳千秋

注：陈文龙为福建兴化人，宋末抗元名将，兵败被俘绝食而亡。死后成为海上保护神，被朝廷敕封为水部尚书、镇海王等，历史上有海上官船拜陈文龙，民船拜妈祖之说。陈文龙纪念馆位于台江区下杭路。

林则徐：与火同行

天朝其实不在天上
天朝已是一个病人
——妄自尊大，纵情享乐，睁眼说瞎话
病到现在，天朝已相当于一包黑黑的烟土
正被一管巨大的烟枪抽着
越抽越瘦

受命禁烟
无疑将抽烟的火引到了自己的身上
从南下开始，火
一路与你同行

有火同行，你的眼睛是亮的
你看见那些被称作"夷"的洋人
他们不但腿脚可以弯曲，而且身手敏捷
他们着西装，留短发，喜欢
用洋枪火炮跟人说话
你发现，天朝的前门虽然关上了
但后院却塌了

外头绿着几双狼的眼睛

到了虎门，火不走了，火停下脚步
火在海滩上积聚起来
火把你当作一堆最大的干柴
扔进火里
火越烧越大，越烧越旺
江河怒吼，群山咆哮
火领着你一起烧进了中国的历史
火势引发了一场战争
接下去的中国近代史
就是这把火烧出来的

后来，火灭了
你，却一直亮着
像燃烧的火

注：虎门销烟不是用火焚烧，是用"海水浸化法"。具体是把烟土割成四瓣，倒入盐水，泡浸半日，再投入石灰，石灰遇水便沸，烟土溶解。诗歌里的火取其象征意义。

沈葆桢：让中国出海

沿着闽江
可以从上游走到下游，也可以从下游走到上游
但出了闽江口，就身不由己
无边无际的海
用它的宽阔，拦截住了你的脚步
沿着海岸线来回再走上几圈
你发现，偌大的中国，像一个不谙水性的人
至今仍站在历史的岸边
望洋兴叹

应该有一种足够大、足够坚硬的船
装下大海的波涛
应该有一批年轻优秀的子弟
率先入海
然后，带上更多的人，护卫中国出海

后来，在闽江的下游，在一个叫马尾的地方
你测出了大海的尺寸
打造出第一艘能在海面上行走的舰船

你打开学堂的大门
把课堂延伸到了那些跟大海最接近的国家
这批学子,后来都成为海的儿子
他们是中国最早可以在海面上奔跑的骑手
他们当时的名字叫水师
后来的人改称为海军
而这个叫马尾的地方
也就成了中国海军的摇篮

1874年,中国第一次从海上出远门
他们用舰船、用蒸汽机、用火炮
用大海的怒涛
轰跑东邻的一个窃贼
你把台湾领了回来,对祖国说
——母子平安!

在闽江的入海口
你是一块延伸出去的踏板
中国,从这里走下陆地
扬帆出海

林觉民：与妻书

我把声音压低，再压低
低到低语，我喊：
意映卿卿
低到无声，我哽咽：
意映卿卿，如晤

现在，撩开夜色，我看见
位于后街的那幢屋子
看到院子里的一树梅花
正在微风里摇
正把你的影子，摇成
月光下碎碎的白
正把你我低低的话语
从窗口，轻轻
摇落
这时，满地稀疏斑驳的月影
多像我心中擦不去的伤口

汝幸而偶我，又何不幸而生今日之中国

吾幸而得汝，又何不幸而生今日之中国
我一会儿哭，一会儿笑
一会儿笑，又一会儿哭
我左右不是，愤懑难抑
一腔热血
夺笔而出
手帕上血迹斑斑

意映卿卿如晤
可是，再次见面，除非在梦里
书罢，凭窗而立
我把墨迹装进包裹，静候
一声枪响

这时，夜风初起，万籁俱寂
亲爱的，我的身前身后，装的
都是你的声音

严复：笔醒山河

山雨欲来风满楼
而楼里的山河，正在昏睡
正在翻阅老掉牙的黄历
正念着之乎者也
正在说
——天运循环，无往不复
——天不变道亦不变

众人皆醉，就你
一个人醒着
一个人孤独
一个人握一管大笔，对着山河书写

写一笔，一声惊叹
再写一笔，长啸声起
写完"天道变化，不主故常"
有风乍起，划破一池春水
再写"自强保种，与天争胜"
笔锋过处，飞鸟出林

当"物竞天择,适者生存"从腕间滑落
你看见,昏睡的山河翻身坐起
波涛惊醒,群峰惊讶
喧哗声此起彼伏

后来,你瘦成一管漏气的狼毫
依然用自己破损的身子在写
用一身老迈的骨头敲打山河
——中国必不灭
——新知无尽,真理无穷……

林纾：仗剑人间一狂生

"可怜一卷《茶花女》，断尽支那荡子肠"
那位叫玛格丽特的女子
用你的古道热肠来理解
就是一位仙女流落凡尘
正用茶花为号，向世人呼救

你改名冷红生
青衿白衫，折扇长剑
用一口文言文深入异域
英雄救美

救不活亡妻
救不出落难的女子
百无一用的书生
就用一部殉情长卷
哭一哭这命中的劫数
哭一哭自己

一束金发碧眼的茶花

跟着你远涉重洋
用平仄顿挫的眼泪
让中国大哭一场

"被酒时时带剑行，趋义无妨冒死争"
那些古汉语，婉转柔美
多像温婉多情的女子
面对汹涌而来的新文化大军
你一个人上场
一个人拉开阵势
像一位骑士，单枪匹马
挑战整个时代

历史踹了你一脚
英雄落幕，书生有泪
你遍体鳞伤
回去的路，灯火黄昏
背影模糊

冰心：用一颗童心照明

让心往回走，走到童年
再点上一截烛光
心就亮了起来
然后，像提着小橘灯一样
提着自己的童心照明

身子矮下来，眼睛往低处看
发现嫩绿的芽，粉白的花，深红的果
她们像人一样，都会开口说话
再贴近一点，你就听到了她们的声音
如果在雨中，你看见荷叶
弯腰抱起莲花，姿势像一个母亲
对着夜空端详，你感觉星星
纷纷迎了过来
她们像一群刚学会说话的孩子
围在你身边，竭力想对你说出星空的奥秘
越说越意味深长

后来，你就写一种跟星星一样

会发亮的文字

把大自然的声音放进自己的诗歌里

这种语言

大人听得懂,小孩也听得懂

很多人都曾经用它

照明与取暖

小橘灯一样的童心一直亮着

亮在你的身子里

时间久了,你的脸庞,从里到外

就有了小小的光与淡淡的红

你端坐的身影

像祥云一样慈祥

林徽因：最美人间四月天

"一身诗意千寻瀑，万古人间四月天"
你是一首诗，四月天
是另一首
你读世间的真与美
我们读你

通过你诗意的眼睛，我们知道
中国古建筑是无声音乐
立体诗歌
它们用象形文字写成
那些被时间反复吟诵
流传千年的
是最优美的诗词
它们像诗经、楚辞
像唐诗里的李白、杜甫
因为你，我们知道了赵州桥、应县木塔
五台山佛光寺
知道了有一种美遗世独立
有一种风骨让人击节赞叹

至于人间四月天
不在人间,只在心中
一颗有爱的心,见花花开见佛佛笑
见到燕子,燕子会回过头
对着你呢喃
有你在,人间随处都是四月天

你是一首意蕴丰富的诗
徐志摩读你的灵动
金岳霖读你的聪慧
梁思成读你的刚毅坚强与有条不紊
当我们读你,已是多年之后
隔着茫茫云烟
我读到了唏嘘与心痛
多希望人间能再借一些日子
好好爱你

侯德榜：救亡图存士子心

祖国很穷
给你一把笔，一张纸
就要描画起一个民族工业的蓝图

祖国很难
制造一片玻璃，一块馒头
都找不到合适的材料

受制于人
母亲心酸
儿子心痛

来自他国的索尔维制碱关隘重重
设置了 100 道难题
你用 101 种思路将它打开
多出来的一种想法
将答案公之于众
让科学拥抱世界
让世界感受

一个科学工作者的大爱与温暖

救亡图存,科学兴国
给民族工业中国的粮食
给祖国一座大厦
让百姓永福
江山永固

这座叫化工工业的大厦
它使用的工艺叫"侯氏制碱法"
大厦的奠基石
名称就叫"侯德榜"

孙中山：大医医国

从医人到医国，病人变了
但手法不变
先生，你遵循的都是医道

这双习惯给人看病的手，现在专心致志
在给一个王朝把脉
你发现，这个叫做满清的患者，脉象虚弱
内忧外患，气血阴阳两虚
你使劲咳了几声，咳出一付中药：
人才10钱，地利8钱，物用9钱，货流7钱
建议用清水煎服，每天一剂
这是一贴舒筋活血调理身子的方子
你耐着性子，用了将近一年的时间，观察
这种保守疗法的功效

病情越来越重
你把目光探到深处，发现患者的体内长了一个
叫做君主专制的恶性肿瘤
你吃了一惊
从此，放弃了药物治疗，从1895年开始，着手

动大手术的准备工作

从檀香山的兴中会,到华兴会,再到后来的同盟会
医疗组的力量越来越强
而作为主刀医师
你用十多年的时间,反复磨砺
一把称手的手术刀

1911年10月10日
趁着夜色,你用一把刻着武昌标志的手术刀
再一次将生病的国家
推进手术室

病灶切除了
国家有了一副崭新的面孔
而名字,也变得格外亲切
有时叫共和,有时又可以叫民主

作为民主革命的先行者,先生
你用自己的一生探索治国良方,后来
你留存下来的一些医案,比如
《建国方略》《建国大纲》等等
大多已经成为后人治世的
经典药方

广州的枪声
——献给 20 位闽籍烈士

1911 年的枪声,最初
是从广州响起的

一百多个人,用一个下午的时间
把自己的身家性命装进枪膛
然后,开始冲锋
喊着口号
扣响扳机

因为流血过多
这次冲锋倒在了途中
但它发出的巨大的声响
惊醒了中国
就这样,1911,成为一把发怒的枪管
一梭不断发射的子弹

后来,一粒与广州血肉相连的弹头
从武昌一跃而起

一路北上
将北京那颗晃着辫子的脑袋
准确命中
一个二千多岁的封建老人
终于，吐血身亡

广州的这次枪声，历史记住了
倒下的 72 个人，祖国
喊他们为儿子
人民世代相传，把他们
安放到了自己心脏的位置

黄花岗上，走失的烈士
又再一次
聚集到了一起

一年一度，黄花盛开
黄花岗上，有一种声音
会漫山遍野地晃
会让我们俯下身子
用劲
含住泪水

点灯的人
——献给南湖党的一大

如果让时间后退百年
当时的中国
就是一湾在夜色里摇晃不定的湖水

那些风尘仆仆的来客
是在黑夜里点灯的人

他们称对方为同志
互相交换生命
他们各自掏出思想的火种
在风中点燃

灯——亮起来了
南湖的水在这一刻
停止了摇动
这时,我看见夜色里有一条路
坚定地延伸到了黎明

秋收起义

收获的季节，除了饥饿，除了仇恨
还能，收获什么

让匍匐的镰刀站起来，举过头顶
举成一声红色的呐喊，然后
启程，然后，以中国农民
最熟悉的姿势
朝着一个王朝的根部
挥刀，开镰

从一九二七年的九月
到一九四九年的十月
这场收割的过程漫长而艰难

从秋天动工，到秋天收工
秋收起义
把属于自己的秋天
夺回

三湾改编

借用一双园丁的眼睛
一支刚成立的武装
就是一株破土的禾苗
改编,就是修枝剪叶

如果使用一个老中医的手来诊断
一支队伍就像一个人
把党的支部建立在连上
就像从脚心开始
为大脑的意志,打通所有的经脉

三湾,用一次伤筋动骨的疼痛
让枪,从此记住了镰刀与铁锤

井冈山

应该,没有其他的路
可走了

从血的教训到血的反击
血在摸索,血在突围
血流了不少
但路依然没有找到

那就走山路吧
我们的祖先就经常走山路
我们的历史就是从山路走过来的
我们的大刀,我们的长矛,我们自制的火铳
最熟悉的,也是山路

把星星之火带入山中,藏进
密密的丛林
让革命,沿着山路
攀登上高山,积蓄
下山的力量

之后的农村包围城市
之后的枪杆子里面出政权
抄的都是山路

把井冈山装进自己的心中
安静的时候
走一走，再走一走

古田会议

一场思想的哗变

把小农意识赶走
把小资产阶级赶走
然后,用无产阶级的思想
带出一支
新型的军事力量

这是工农的子弟
这是人民的武装
把布尔什维克的信念顶进枪膛
给大刀、长矛安装上眼睛
让呼啸的子弹,从现在开始
带着阶级感情
飞翔

一只军队,拥有了军魂
就像许多人在使用同一双手
步伐整齐,万众一心

简洁得就像一句口号
简练得就像一把刀
一杆枪

古田会议
让红军更红

镰刀与铁锤

看见镰刀

我倍感亲切,家乡的父老乡亲

就从田埂上走来

他们挥汗如雨,以跟镰刀一样的姿势

在田野上播种、收割

看见铁锤,我神色凝重

我知道从一堆废铁到一把铁锤

火里重生的过程

我更知道镰刀与铁锤握紧的拳头

如何用劲

才砸碎了一个黑暗的世界

现在,我们应该把自己当做一柄镰刀

经常在炉膛里过火

经常用铁锤反复锻打

然后,让我们初心如磐

永远锋利如初!

英雄回家

题记：2021年9月，第八批中国人民志愿军烈士遗骸回国。从2014年开始，韩方向中方连续八年移交共825位中国人民志愿军烈士遗骸。事隔半个多世纪，英雄开始回家……

被打散了
丢队了
无法迈着整齐的步伐
雄赳赳气昂昂
跨回鸭绿江

大家凯旋的时候
你在烟雾迷蒙的远方
摸索，眺望

部队在哪？
家乡在哪？

一个人最长的时间是一辈子
而你们,却用一辈子之外的时间在寻找
寻找的,有时仅仅只是
自己的名字

祖国的好儿女倒在了国门之外
祖国,却不知道他是谁
母亲,把自己的儿子送出家门
却不知道自己的孩子
在什么地方倒下
不知道自己
应该往哪一个方向看
往哪一个地方喊

儿子在找
母亲在找
祖国在找
波涛滚滚的鸭绿江啊
是谁的眼泪?
又是谁在望眼欲穿?

现在,回家的路已经修好
祖国正在列队等候

现在，让我对着苍茫的远山喊一声
"英雄，我们回家！"

这条回家的路很长
长过了母亲的翘首期盼
英雄啊，如果你要哭
就大声地哭出来
你遇见的每一个人
都是你的亲人
都愿意跟你痛哭一场

听一听那支熟悉的旋律
想一想硝烟弥漫的面庞
想一想关山阻隔
岁月漫长
我热血上涌，眼泪低垂
我大声地喊
——"英雄，我们回家！"
——"英雄啊，我们等着你回家！"

站起来的名字
——献给八闽楷模周炳耀同志

天空发生了大事
天空的门被风打开
一万吨天河的水啊,就这样
倾盆而下

山洪爆发了
山洪以最快的速度下山
一边洗劫,一边咆哮

石头在后退
草木在后退
就连大山也踩着泥泞的小路
慌慌张张地后退

但村庄无法后退
全村 112 户 420 人的生命财产无法后退
当年面对鲜红的党旗
用右手举起的誓言啊

更是无法后退

他跟第一缕晨光站在一起
他看看雨中的屋舍
看看受伤的桥梁
他把惶恐不安的村子挡在身后
然后,把自己当做一柄利器
刺退了洪水

他带着自己一直没治好的腰伤
带着年仅 45 岁的生命
赶着洪水
一起走进了大山深处

但他的身影没走
他憨憨的微笑没走
他嘘寒问暖的声音没走
他点点滴滴的好
没走,没走

他是一粒铺路的石子
一台拓路的机器
一辆不知疲倦的"爱心车"

他是儿女的好父亲，妻子的好丈夫
是老人口中的好"耀仔"

他倒下了
倒在了一个荒僻的山野
但他的名字站起来了
在高高的山上
站成了一座让人仰望的丰碑！

注：因抗击超强台风"莫兰蒂"，2016年9月15日，古田县卓洋乡庄里村村支书周炳耀为避免群众受到洪水威胁，在清理一处涵洞淤塞物时，不幸落水被急流冲走，壮烈牺牲，年仅45岁。本诗为省委宣传部、省电视台2016年11月15日晚"八闽楷模——周炳耀"纪念晚会的主题朗诵诗歌。

杉木林之恋
——记"八闽楷模"福建省洋口国有林场杉木育种科研团队

有一种精神初心不改久久为功
有一种执着薪火相传接续奋斗
有一种爱宽阔无边
从细细的花粉爱起
爱到树木,爱到森林,爱到
莽莽苍苍,浩瀚无垠

大山不会忘记
六十年前,有一个年轻学者
他代表一个团队,率先把心
交给了杉木
这一交就是一辈子
他吃在山里,睡在山里
把崎岖难行的林间小道,踩得
柔肠百结牵肠挂肚
他有了一张山里人的脸
成为了一个地地道道的山里人

好几年春节，天上下着冻雨

他和几个林场职工

就和一排杉木围坐在一起

一边吃着盒饭

一边听着山下传过来的声声爆竹

样子就像冒雨陪着树木在过年

为了杉木育种，他没日没夜工作

他倒下的时候，仅仅只有50岁

从确诊原发性肝癌，到心脏停止跳动

仅仅只有18天

——18天，只够一粒种子发一次芽

他放不下杉木育种

他把自己的骨灰埋在了大山下面

后来，他就一直守在山里

看从林场走出来的杉木

翻越一座座山头

把广阔的大山，爱了

一遍又一遍……

——他被誉为我国杉木育种的先驱

——他的名字叫陈岳武

陈岳武倒下了，但杉木育种的接力棒没倒

更多的人，把一棵接一棵的杉木
放进了自己心脏的位置
他们垒石灶，喝山泉，吃腌菜
在山上一呆就是几个月
为了赴大别山采集杉木穗条
他们常常天没亮就开始赶路
一路奔走，到夜色沉沉
满天的星星，提着灯笼，在为他们照明
满天的星星熬不住了，在他们的眼前
不断睡去又醒来……
有一次，在采集杉木穗条的过程中
领队施季霖染上出血热，高烧不退
挂了十几天的盐水
过后，他用三天的时间，才把一只手
从臀部抬到肩上
过程，就像举起了一座山
有一个女大学生，因为爱上了杉木育种
以名明志，把杉木林的"林"字
直接嫁接进自己的姓名
让刘大玲变成了林场职工刘大林

他们是这个世界最安静的人
安静地住在山里

安静地看着日出日落
安静地对着一棵杉木
一代接着一代
用60年的时间，雕琢一座精神的丰碑……

他们不说辛苦，不说从六层高的树梢
摔下的惊恐与疼痛
不说抚养"橱柜婴儿"的心酸与不易
不说在背部打进一块钢板的痛楚与艰难
不说杉木育种的缓慢、漫长、寂寞与清苦
他们不说，不说……
但说起自己的林场，他们一脸自豪
说起杉木两眼发光
对着70多片林园，60多万株林木
他们说，随手一点，就可以喊出其中的一棵
说出它的姓氏
说出它的血缘、血亲、禀性和长相
顾盼自雄的模样
就像一个将军说起了他的士兵

他们是一群走进了杉木世界的人
他们会听见杉木说话
听见杉木在用一种快乐的声音

对着群山歌唱……

60年初心如磐，60年大爱无悔
即使在经济最困难的时候
他们也像爱护自己的身体一样
爱护着他们的科研林
60年筚路蓝缕，60年艰苦创业
洋口林场的科研项目始终领先全国领跑世界
成为"中国杉木育种的摇篮"
一代代育林人辛勤耕耘，前仆后继
他们就像一根紧接一根的杉木林
不问前程，埋头赶路
历尽千辛万苦，绿遍万水千山！

注：本诗为省委宣传部、省电视台2020年8月24日晚"八闽楷模——福建省洋口国有林场杉木育种科研团队"纪念晚会的主题朗诵诗歌。

5 第五辑
Di Wu Ji

人间有情

诗意闽江

1

每一天,你都早起
你是这个城市最早睁开的眼睛

从东方的天际,借来一粒火种
再用海的涛声,引燃

在入海口,披一身霞光
举着晨曦的火把,返身向上

一路小跑
把两岸的风光逐次点亮

2

早餐是丰盛的:
三碗清风,两碟鸟鸣外加一盅花香

一个嗝下去,潮汐就涌了上来
一天的忙碌就开始了

放眼望去,阳光下,你劳作的身影
闪闪发亮

到了晚餐,就换上了新鲜的菜谱:
夕阳,汗水和一船的渔歌

3

入夜,你把两岸灯光揽进怀中
反复润色,一首诗作

诗情如潮
时而上岸,时而入水

更多的时候,你卧进一种诗歌的意境
久睡不醒

借着晨光,几只早起的白鹭拍打着翅膀
为你的诗歌,分行

4

现在,准备入海
再向前一步,就是生命的断崖

请让我回首

让我对千里水域,辽阔风光再作一次深情的回望

请让我双手合十

对每一条小溪,每一道山泉,道一声谢谢

现在,我要纵身一跃

交出万里江山

现在啊,我要对着大海歌唱

——一条大河波浪宽……

灯火的晚会

月上柳梢头,灯约黄昏后
树影掩映的堤岸
一盏灯兴奋地喊了一声
率先亮出了自己
其他的灯听见了,纷纷应答
——灯,一盏一盏地亮了起来
声音,一声一声地传了出去
灯火的晚会开始了
江滨一片喧哗

晚风轻拂,江涛拍岸
灯火手拉手开始起舞
她们步履轻盈,轻歌曼舞
走着,舞着
一些灯火
就走到了江上,走到了对岸
还有一些灯火,爬上了屋顶
她们三五成群,迎风起舞
感情浓烈的程度

看上去就像着了一场大火

这场灯火的晚会注定要开到很迟
瞧，那么多的灯火
正踩波踏浪，沿着江滨大道
从看不见的地方
源源不断地赶来

梦的翅膀

山睡了,水也睡了
岸边的几座屋子也睡了
两三盏灯偶尔会发出光亮
像惺忪的睡眼

梦从水面上升起来
站在岸边
梦是一只蓝色的大鸟
用薄如蝉翼的翅膀
轻轻扇动

世界变轻、变柔
那一刻,你会看见闽江
突然飘了起来

薄薄的夜

用去了一个晚上
闽江,把夜洗成了一张薄薄的纸

霞光在纸上泼墨
云出来了
山出来了
房屋在慢慢变高
桥被画成了一条线,低低地
横在江面

如果霞光再用劲一点
夜,就碎了
江面上就是一地黄金

梦里天堂

把星星吹灭
天空睡了
把波浪收起
一条江睡了

但灯光没睡
站着的绿树没睡
一首诗歌的意境没睡

靠着码头
一艘游艇在睡梦里
开进了天堂

闽江两岸

喝着江水
两岸甩开膀子,尽情地跑

绿树在跑
道路在跑
房屋后来居上,一步一层地跑
跑到后来,很多房屋
把自己跑丢了
跑成了山峰的模样

两岸越跑越近,越跑越快
最后,张开桥的翅膀
一起飞了起来

空中,一群白鸽在奋力追赶……

留住夕阳

走到山顶
夕阳转过身来
做最后一次告别

江水动了真情
江水拉住夕阳长长的衣襟
一步一趔趄
一步一浪花
话一出口，就被染成了红红的颜色

茶亭公园一角：小桥流水人家

水面不宽，但很干净
水里装着蓝天白云，装着一面洁白的镜子

都已经深秋了
一些树木仍然绿着，我行我素

小路安静，回廊曲折，通向的
都是一个人的内心

偶尔会有几声鸟鸣从树荫间落下
听起来像在滴水

时间是自己的
可以散步，可以闲谈，或者干脆就是发呆

多么希望
那坐在船头迎风品茶的人就是我

台江步行街：回到从前

这个时代太快
很多东西一转眼就不见了

真想往回走，回到从前
回到没有车子，没有喧哗的年代
跟一棵小草坐在一起
聊一聊雨水、露珠与蚂蚁
聊一聊父母兄弟
聊一聊心情
用慢下来的脚步
在夕阳里
走走停停，停停走走
找一找自己身后的影子

回到从前多好
回到从前就可以再做一回孩子
牵着父母的手
光着脚，从泥土上走过

万宝商圈：崛起

这个崛起的地方在西部
是太阳落下的地方
这里是城市的边缘，曾经
它代表着角落、安静、落后与默默无闻
后来，这里来了两个兄弟——
一个叫万象，一个叫宝龙
他们兄弟联手
把城市打开一个缺口
在一个空白的地方
画出了自己的江山

几年前，没有几个人知道他们的名字
几年后，不知道他们名字的人没有几个
这支揭竿而起的队伍
名号越来越大
——苏宁广场进来了
——中央第五街进来了
后面，跟着越来越多的人潮

夕阳西下的时候

把晚霞留在了这里

万宝商圈,又是一夜不眠

第五辑 人间有情

种温泉

现在,你要给自己做减法——
减去衣物,减去姓名,减去名誉地位
方便的话,还可以再减去性别
只剩下人
继续下手,把人也减去
只剩下一棵无根的树
然后,像农民种田,把自己
种进温泉

很快,脚底下就长出了细细的根须
你感觉自己不是浮在水中
而是长在了水里
有一股热浪顺着经脉、血管追着你跑
追着你生长
千年的热情汹涌而上
你措手不及,低着头一路狂奔
有时因为紧张而闭上了眼睛

从大汗淋漓中醒过来

你发现自己已一树繁花

轻轻一摇,幸福

像熟透的果实

纷纷坠落

我看见的幸福

我看见的幸福,是路边
有一块草地,草地上有一棵树
树下有一个打工兄弟
他放下疲惫,把世界撂在身旁
一脸笑容,走进梦里

我看见的幸福,是一个
三十几岁的女孩,忘记了长大
身穿花衣服,头簪白色花
从早到晚,跟在她母亲的身边
一边微笑,一边自言自语

我看见的幸福,是傍晚时分
一群鸽子准时出现,互相打着招呼
绕着房前的一块空地
盘旋,转圈,再盘旋,转圈
一家子,有说有笑,其乐融融

金黄色的祝福

三月榕城
落叶纷飞
这些高大的阔叶榕
一年摇晃一次深情

外表坚硬,内心温柔
这是谁的面容?

默默守护
多少次无言的凝望
当你走过
是否听见有一种呼唤
一声又一声?

现在,我摇落一生的情
铺一条黄金大道

远行的人啊
请放慢你的脚步
带上我金黄色的祝福
走在春天的路上

睡在海边

睡前,只盖被子
睡着了,顺手扯上一角大海
盖在身上

从梦中伸出手,握住的
有时是涛声,有时
是一把银子

睡沉一点,就漂到海上
就被海风推着,徐徐
靠向黎明

睡在海边
我如此富有,如此奢阔
星斗满天,呼吸间吞吐大海汪洋

一把秧苗摇醒了春天

秧苗是父亲最先下地干活的孩子
这些小小的秧苗,光着脚
一个接一个,摇摇晃晃
踩进田里

跟着父亲
秧苗学会了忍饥挨饿
学会了把泪水当作雨水
穷人的孩子命硬
那些枯黄的秧苗、倒下去的秧苗
父亲小声叫唤,就会重新爬起
小小的秧苗,懂事的秧苗,小小的手
握在一起,在暗地里用劲
把泥水里的田野,一节一节
举过父亲的头顶

一把秧苗摇醒了春天
父亲弯下身子,露出起伏的笑脸

春天的声音

春天是有声音的

种子伸出嫩嫩的指头,对泥土说:
让一让,我要出来
一粒花蕾,撑破冬天,用粉嫩的语言
对绿叶说:
我要用绽放为你们歌唱
这时,冰雪后退,雨点敲起琴键
几只好嗓音的小鸟走上枝头
拉开
交响乐的帷幕

山谷里,瘦瘦的小河丰盈起来了
波浪在赶路
一朵浪花对另一朵浪花说:
走,让我们去大海踏青

头上的天空
正在用一块湿润的云朵洗脸

眼皮底下，大地正忙着翻身，忙着
换上新衣

在春天里
有一种类似于诗歌的声音
在我的体内
回响……

处处闻啼鸟

春天
像一粒糖
含在小鸟的嘴里
张口,都是甜言蜜语

一大早
一群鸟就叫醒了另一群鸟
在树上约会
在晨曦里亲热
说着
说不完的绵绵情话

我的心动了一下
拉着身边的妻子
说出了一句
好听的梦话

"春天真好"
"有爱真好"
翻个身,我又睡着了

春眠不觉晓

处处闻啼鸟

我陷进春天的泥潭里

不想自拔

一生做一件浪漫的事

遇一人白首,择一城终老
一生做一件浪漫的事

缓慢地爱
爱你的小脾气与不讲理
用平仄的韵律
把你的满头青丝
一根根
爱成白发
爱成云淡风轻的模样

浪费一生的时间
只为陪你
陪你一言不发
陪你说无用的话
相视一笑
浪费掉满天星辰大好河山

从你和我
到我们俩,再到老两口

看繁华落尽,云卷云舒

此生有你

如此美好

第五辑 人间有情

早起的妻子

受了谁的指使
长着长着
这个人就长成了母亲的模样

她的身子里有一台闹钟
爱心牌的
每天都早早响起
起床,出门,买菜,淘米做饭
轻手轻脚
给平常的日子加入人间烟火
给你,岁月静好

这时,醒或者没醒
我都不出声
有些话
放在心中
适合独自感动

亲爱的心

妻子在家里开荒
在客厅的一角犁出一块菜园
自己选种,自己浇水,自己收割
左手种菜,右手买菜
自己的钱自己赚
双手干干净净

对园子里的幼苗
妻子小心呵护
神情就像对待自己亲生的
一群孩子
耐心地给她们喂清水、干净的空气
做人的道德经

妻子种出的菜,水嫩嫩的
像会说话的汉字
在锅里一炒,就是一盘锦绣文章
儿子说,味道好极了

妻子的菜地是一台豆芽机
面积不大，刚好装下一颗
亲爱的心

幸福密码

在同一扇门里
密码就是一串钥匙
你开门上班,我关门下班
日子平淡,灯光柔和
相处久了,两个人越来越像同一个人
我在洗碗,你就会去刷锅
你回来晚了,我就会觉得
自己一直还没有回来
这时的密码,是身体里的电波
一个发送,另一个接收
幸福不说
幸福心照不宣

那一天,我们去商场购物
我把卡给了收银小妹
我的手还没收回
你就说,密码我来输
——幸福脱口而出
收银小妹笑了,我们也笑

老了之后

老了之后
我爱上了皱纹、白发、咳嗽
爱上了血压计
爱上了这件穿旧的身子和身子上的破洞
把跟我一样老的妻子
看做新娘,又重新爱了一遍

老了之后
就找一块地当作国土
我们男耕女织
种菜、养鱼、喂一群的鸡鸭
我治下的一亩三分地,鸡鸣犬吠,生机盎然
我的皇后,温良贤淑,母仪天下
老了之后
我爱江山,也爱美人

再老一些
亲爱的,我们哪里也不去
就搬张凳子坐在院子里

你看着我,我看着你。偶尔
相视而笑,像两个孩子

第五辑 人间有情

在岳父家过年

真的像过年
是我记忆里最温馨的那种

我不干活,可以闲逛,可以睡懒觉
更多的时候,就抱一本书
在后院的花圃间
做一个书生

时而,花香袭来
时而,鸟声滴落
阳光像小孩,不断爬上我的身子
又从头顶跃下

岳母时不时过来看我
岳母的话我听不清楚
但我听懂了声音里的慈祥与爱

过不久,就会听见前院的岳父在喊
"小叶吃饭啦。"
"吃饭啦——"

这种白吃白喝的生活
这种被人爱着的感觉
不习惯,但喜欢

第五辑 人间有情

亲亲的大头菜

意外相逢，我有小小的激动
我先泡上一壶茶，回想你的模样
把与你共处的日子
一点点倒出，再一点点
倒进杯里
在我记忆的舌尖慢慢回甘

我想起了山间小路
想起了并肩苦读的身影
窗口下的灯光
昏黄不定……
那些有点咸，有点酸的往事啊
像一根根藤蔓
相继爬满了我的眼眶

今夜，我要放纵一回
我把茶换成了酒
一边听着邓丽君，一边等着你出浴
等着你面带羞涩，身子红润

在我的面前,一节节

吐出芬芳……

第五辑 人间有情

三月桃花开

饱胀的思念经不住阳光的诱惑
桃,开口了

一句,两句,三句
桃的心事挂满枝头

说到后来,桃开始咳血
吐出大口大口的红

这汹涌的情,这泛滥的痴
在自己的海洋里
桃越沉越深,直至
淹没
身后,一片惊呼

在三月
一个女子敲碎心锁
不管不顾
在旷野,在山坡,用泣血的声音
歌唱

路边的芒果树

即使你把我从山野带到闹市
把我叫作行道树
让我以一种姿势列队肃立
我还是我,还是一棵芒果树
还是会以自己的方式开花结果
告诉你吧
我所有抽出的嫩叶,撑开的绿荫
都是生命的张狂

即使你侧目以视
即使你把我所有的果粒都踩成烂泥
一年一次,你一定会看见我
纵身起舞,放声歌哭

请尊重每一棵树

阔叶榕

苦楝树浑身伤痕
高处的银杏进退两难
蒿草、芨芨草、狗尾巴草
面容枯槁
抱紧自己，纷纷把身子埋进土里

阵阵寒意
风声一阵比一阵紧
"可是，一个白茫茫的世界
需要有人站着，需要有一种绿
透出温暖与爱"

我是阔叶榕
我就站在冬天的深处
你们会看见我
当我倒下，将站起一片姹紫嫣红

看广场歌舞

在广场,一个人的声响远远不够

喊出你的声音,喊出我的声音
让声音从身子里走出来
像一支队伍
站在一起
把广场举成一面旗帜
在雪山草地,在高山平原
踏歌而行

队伍在前,鼓乐紧随在后
如果鼓点再急促一点
就会有激越的浪潮,反复
淹没头顶

在广场,再美的独舞都远远不够

摆摆你的手,摆摆我的手
摇一摇身子

让心中的情感决堤而出
从脚底开始，漫过膝盖，漫过
腰际，汇成
一汪清泉

这时，音乐是一个按钮，轻轻一点
水面就开始荡漾
身边的椰子树就随之摇晃
远远望去，那些水底下的脚
宛若蓬勃的水草
迎风招摇

在夜色里
我看见广场放空烦恼
放声歌唱，尽情舞蹈

风景如画
——贺 ZY 传记写作三十年

你在寻找风景

而我们,就在不远的地方看你

看你的如痴如醉

看你的渐入佳境

看你在大家的惊叹声中

以每年五六十万字的速度,不屈不挠

把自己一米六七的身材

垫高,再垫高

青春萌动

你就开始俯首笔耕

你爱文字,文字也爱你

在文学和史学的田园里

你硕果累累

——20 多部长篇传记,还有大量的

纪实作品、诗歌、散文、杂文以及小说

那些流着红色素的果实啊

更是香飘万里

你这三十年
风景如画,是装潢非常精美的一页
三十年之后呢
我相信,将是更为精彩的
另一页

找一块石头说话
——给石雕艺人

人世嘈杂，人心孤寂
他经常上山
找一块石头说话

用大锤开路，小锤敲门
用炮管的嗓音
喊出深山里的石头

像老友相逢
他不言，石头不语
但已经心领神会

一把梅花锤忍不住开口
他轻轻敲打，石头频频点头

石头听懂了他的话
狮子摆头
雄鹰展翅
石佛露出慈祥的面容

懂木头的人
——给木雕艺人

遇见一根木头
他所做的事情仅仅相当于一个医生
观相、把脉、诊断
用一把刻刀
修补木头的记忆
让木头醒来
让它想起自己曾经是一棵树
一棵大树
曾经纵情山野,仗剑江湖
想起一棵树曾经的爱恨情仇与辉煌落寞

一根木头最终被雕刻成什么
取决于木头本身的意愿
他说,他只是顺势推了一把
比如,有些木头性情闲淡,寄寓山水
愿意成为花鸟虫鱼
而有些木头要求成为几座、案架、托盘
它们有未了的心愿

它们来到此生

在等待一对花瓶或一位心仪的女子

第五辑 人间有情

天使在人间

人间发生了意外
一扇紧闭的门被风打开
十万只病毒,十万头猛兽
蜂拥而入

武汉沦陷,湖北危急,山河大地
烽烟四起。这个春天被挡在了
季节之外
雪一直在下。我看见梧桐树落尽了叶子
把自己的身子越抱越紧
看见有人在哭,有人倒下,有人流离失所
有家难回。在一条静寂的街区,我听见
有小孩不停地在喊
——妈妈,我怕,我怕……

那一天,从外地回城
我发现每一个路口都已经站上了天使
城区里,路面整洁,空气中飘着消毒水的味道
天使刚刚来过

打开电视屏幕,我看见那么多的天使

纷纷降临人间

送来了爱与温暖

那些走在前头,迎着硝烟逆行而上的白衣使者

是最美的天使

他们把生死扛在肩上,正把陷落的家园

一寸寸夺回

他们美得动人,美得让人心碎

今夜依然寒冷。病毒还在看不见的地方

瞪着绿色的眼睛

我心情沉重,但并不惊慌

窗台上的一盆红杜鹃,已在风中

露出了笑意

每一天,他都把妻子重新再爱一遍

这是他的习惯
每一天,都要把妻子重新再爱一遍

选一条林荫道吧
这里枝叶婆娑,光影清浅,有舞台的效果
众鸟欢唱,是大自然的乐队
如果,有红颜色的叶子从空中飘落
那是上天送来的祝福

现在,妻子就在路的另一头
就是初恋的情人
应该把路清扫干净
每向前一步,应该都低一下头,弯一弯身子
就像向爱鞠躬,向爱致意
然后,相会
然后,把妻子领回家

当他的头靠上妻子的头
太阳刚刚出来

阳光打在脸上
两颗花白的头似乎更白了一些

他来自遥远的山村
是一个三十多年的环卫工人
他的妻子也是

早上,遇见送花的老人

这个早上跟其他的早上没什么两样
我被闹钟叫醒,单车被我叫醒
城市被自己的梦叫醒
天气炎热,人潮汹涌
太阳干了千年还无法休息,大热天的
就这样站在天上
指挥着南来北往的车辆
我见到的人都低头不语,行色匆匆
都面有焦虑,心有恐慌
我也是
我心有怨言,但不能说出

但这位老人不是
他的脚步很慢,幸福很慢
他慢得走一步要喘一口气
再挪一挪两根拐杖
他慢得让人焦急,让人担心,让人羡慕
我停在路旁,看着他满脸慈祥
举着手上的一束鲜花

把南来北往的路人
颤巍巍地,抚慰了一遍

这个早上
我想说,世界啊
我对你的爱,又多了一点!

后记：我与诗歌

这是我的第一本诗集，收录的是我 2010 年到 2022 年间的大部分诗歌作品。看着自己整理出来的诗稿，像一个老来得子的人，心中有小小的激动。

诗歌是我生活中的一种意外。长期以来从事的是与诗歌毫不沾边的工作，工作一忙，诗歌就退到看不见的地方。诗歌与我一直处于一种时断时续、若即若离的状态。最近工作变动，才静下心来整理诗歌。

我发表作品的时间是 30 年前。1989 年发表作品，1996 年搁笔。这段时间写的绝大多数是散文诗，2014 年已与其他文友合集出版，这次均未收录。

这一停就是 15 年，把诗歌忘得干干净净。2010 年 5 月，一个偶然的机会，又开始重新写作。刚开始还是从散文诗入手，但没过多久，就转为写诗歌，从此一"写"不回头。

写诗歌感觉就两个字——"过瘾"，就像喝了高度的酒，其他的酒就是劲道不足。

2010 年 10 月，父亲去世后不久，母亲去世。那一刻，突然感觉自己已是一个孤儿，父母双亡，无人疼爱。那一段时间，时常哽咽，泪流满面，经常一个人在私底下抱着诗歌痛哭。也就是从那个时候开始，诗歌领着我开始了长时间的思亲怀乡之旅。这时，逝去的亲人频频回头，老屋、古井、草木带着乡音、喊着我的小名纷纷走进我的文字，这部分作品，长着乡愁的脸，成了集子中的第一辑"回乡的雨"。

年过半百，跟命运不再较劲，愿意抽出更多的时间打量自己，观照自己的内心。"我来自何方／情归何处／谁在下一刻呼唤我"（歌曲《感恩的心》），生命是一个解不开的谜，一个偶然，一个很短的瞬间。陈子昂登幽州台"念天地之悠悠，独怆然而涕下"，我爱静，无台可登，就在诗歌里时常对着自己的内心"双手合十"。这部分作品，收录集子中的第二辑"确认自己"。

福州建城2200多年，古韵悠长，文物名胜众多。诗歌帮我打破了身体和时空限制，给我特权，让我从现实生活里抽身而出，"精骛八极，心游万仞"。我经常在古今穿越，与古人对话，发思古幽情。《寻古大庙山》以及写南台十景的系列作品，都是属于这一类。它们成了集子中的第三辑"历史深处"。

小时候，我喜欢看闽剧和听评话，故事里很多遥不可及的人物，没想到就曾经生活在我的身边，让我感到无比亲切。闽都先贤灿若星辰，他们的光芒不断让我抬头仰望，我相继写下了《与火同行》《让中国出海》《与妻书》和《笔醒山河》等十几首诗歌。"高山安可仰,徒此挹清芬",这系列诗歌,收录集子中的第四辑"星汉灿烂"。

"为什么我的眼里常含泪水／因为我对这土地爱得深沉"(艾青《我爱这土地》),有一颗柔软的心,"登山则情满于山,观海则意溢于海"。用心端详,你会发现,绕城而过的闽江那是一种多么诗意的流淌,三月榕城,落叶纷飞,又是怎样一种金黄色的祝福。这世界并不完美,但并不缺乏温情。一个早上,当我在人潮汹涌的路上,看见一个挂着双拐的老人,一步一挪,却手捧一束鲜花,满脸阳光,那一刻,我呆立许久,"这个早上／我想说,世界啊／我对你的爱,又多了一点!"这一类诗歌,收录集子中的第五辑"人间有情"。

诗字从"言"从"寺",写诗就像在寺庙里说话,神会听得见,不可胡说,不敢亵渎。写诗多年,我学会了不说废话,不浪费口舌,学会了向天地忏悔,让自己谦恭、卑微、渺小,学会了宽容,"原谅曾经恨过的人"。

"归去来兮,田园将芜胡不归?"人世嘈杂,人心孤寂,诗歌是我在这个世界独自搭盖的茅草屋,是我的精神避难所。我在其间浅吟低唱或者放浪歌哭,竭力还原一个真实的自我。